蔡瀾選集・壹

生活智慧

www.cosmosbooks.com.hk

書　　名　蔡瀾選集・壹——生活智慧
作　　者　蔡　瀾
封面及內文插圖　蘇美璐
出　　版　天地圖書有限公司
香港皇后大道東109 -115號
智群商業中心15字樓（總寫字樓）
電話：2528 3671　傳真：2865 2609
香港灣仔莊士敦道30號地庫 / 1樓（門市部）
電話：2865 0708　傳真：2861 1541
印　　刷　亨泰印刷有限公司
柴灣利眾街德景工業大廈10字樓
電話：2896 3687　傳真：2558 1902
發　　行　香港聯合書刊物流有限公司
香港新界大埔汀麗路36號中華商務印刷大廈3字樓
電話：2150 2100　傳真：2407 3062
出版日期　2019年5月初版・香港

ISBN 978-988-8547-20-3

出版說明

蔡瀾先生與「天地」合作多年，從一九八五年出版第一本書《蔡瀾的緣》開始，至今已出版了一百五十多本著作，時間跨度三十多年，可以說蔡生的主要著作都在「天地」。

蔡瀾先生是華人世界少有的「生活大家」，這與他獨特的經歷有關。他祖籍廣東潮陽，新加坡出生，父母均從事文化工作，家庭教育寬鬆，自小我行我素，放蕩不羈。中學時期，逃過學、退過學。由於父親管理電影院，很早與電影結緣，求學時便在報上寫影評，賺取稿費，以供玩樂。也因為這樣，雖然數學不好，卻苦學中英文，從小打下寫作基礎。

上世紀六十年代，遊學日本，攻讀電影，求學期間，已幫「邵氏電影公司」工作。學成後，移居香港，先後任職「邵氏」、「嘉禾」兩大電影公司，監製過多部電影，與眾多港台明星合作，到過世界各地拍片。由於雅好藝術，還在工餘尋訪名師，學習書法、篆刻。

八十年代，開始在香港報刊撰寫專欄，並結集出版成書。豐富的閱歷，天生的愛好，為熱愛生活的蔡瀾遊走於東西文化時，找到自己獨特的視角。他筆下的遊記、美食、人生哲學，以及與文化界師友、影視界明星交往的趣事，都栩栩如生地呈現在讀者面前，成為華人世界不可多得的消閒式精神食糧。世上有錢人多的是，但不一定有蔡生的機緣，可以跑遍世界那麼多地方；世上有閒人多的是，也許去的地方比蔡生多，但不一定有他的見識與體悟。很多人說，看蔡生文章，如與智者相遇、如品陳年老酒，令人回味無窮！

蔡瀾先生的文章，一般先在報刊發表，到有一定數量，才結集成書，因此「天地」出版的蔡生著作，大多不分主題。為方便讀者選閱，我們將近二十年出版的蔡生著作重新編輯設計，分成若干主題，採用精裝形式印行，相信喜歡蔡生作品的朋友，一定樂於收藏。

天地圖書編輯部

二〇一九年

與蔡瀾同行

*金庸

除了我妻子林樂怡之外，蔡瀾兄是我一生中結伴同遊、行過最長旅途的人。他和我一起去過日本許多次，每一次都去不同的地方，去不同的旅舍食肆；我們結伴共遊歐洲，從整個意大利北部直到巴黎，同遊澳洲、星、馬、泰國之餘，再去北美，從溫哥華到三藩市，再到拉斯維加斯，然後又去日本。我們共同經歷了漫長的旅途，因為我們互相享受作伴的樂趣，一起享受旅途中所遭遇的喜樂或不快。

蔡瀾是一個真正瀟灑的人。率真瀟灑而能以輕鬆活潑的心態對待人生，尤其是對人生中的失落或不愉快遭遇處之泰然，若無其事，不但外表如此，而且是真正的不縈於懷，一笑置之。「置之」不大容易，要加上「一笑」，那是更加不容易了。他不抱怨食物不可口，不抱怨汽車太顛簸，不抱怨女導遊太不美貌。他教我怎樣喝最低劣辛辣的意大利土酒。怎樣在新加坡大排擋中吮吸牛骨髓，我會皺起眉頭，他始終開懷大笑，所以他肯定比我瀟灑得多。

我小時候讀「世說新語」，對於其中所記魏晉名流的瀟灑言行不由得暗暗佩服，後來才感到他們矯揉造作。幾年前用功細讀魏晉正史，方知何曾、王衍、王戎、潘岳等等這大批風流名士、烏衣子弟，其實猥瑣齷齪得很，政治生涯和實際生活之卑鄙下流，與他們的漂亮談吐適成對照。我現在年紀大了，世事經歷多了，各種各樣的人物也見得多了，真的瀟灑，還是硬扮漂亮一見即知。我喜歡和蔡瀾交友交往，不僅僅是由於他學識淵博、多才多藝，對我友誼深厚，更由於他一貫的瀟灑自若。好像令狐沖、段譽、郭靖、喬峰，四個都是好人，然而我更喜歡和令狐沖大哥、段公子做朋友。

蔡瀾見識廣博，懂的很多，人情通達而善於為人着想，琴棋書畫、酒色財氣、吃喝嫖賭、文學電影，甚麼都懂。他不彈古琴、不下圍棋、不作畫、不嫖、不賭，但人生中各種玩意兒都懂其門道，於電影、詩詞、書法、金石、飲食之道，更可說是第一流的通達。他女友不少，但皆接之以禮，不逾友道。男友更多，三教九流，不拘一格。他說黃色笑話更是絕頂卓越，聽來只覺其十分可笑而毫不猥褻，那也是很高明的藝術了。

過去，和他一起相對喝威士忌、抽香煙談天，是生活中一大樂趣。自從我試過心臟病發，香煙不能抽了，烈酒也不能飲了，然而每逢宴席，仍喜歡坐在他旁邊，一來習慣了，二來可以互相悄聲説些席上旁人不中聽的話，共引以為樂，三則可以聞到一些他所吸的香煙餘氣，稍過煙癮。蔡瀾交友雖廣，不識他的人畢竟還是很多，如果讀了我這篇短文心生仰慕，想享受一下聽他談話之樂，未必有機會坐在他身旁飲酒，那麼讀幾本他寫的隨筆，所得也相差無幾。

---

* 這是金庸先生多年前為蔡瀾著作所寫的序言，從行文中可見兩位文壇健筆相交相知之深，相信亦有助讀者加深對蔡瀾先生的認識，故收錄於此作為《蔡瀾選集》的序言。

目錄

一、穿衣與教養

二、吃飯·品酒·抽雪茄

三、沐浴隨想

四、身外物

五、音樂與抄經

六、玩　樂

一、穿衣與教養

教養

甚麼叫一個有教養的男人？

有禮貌，孝順長輩，善待比他們年輕的人。守時，重諾言，衣着整齊，並不一定是名牌。外表保持乾淨，也是最重要的。那不是做給別人看，是對自己的一份尊重。

沒有教養的男人，一眼望穿。

先從「尊容」看起，頭髮不梳，沒有油份，乾枯淩亂。

再下來的是頭皮了，見到頭皮，一開始就給別人一個壞印象。頭皮多代表不洗頭、不沖涼，掉在深色的西裝肩膀上，更令人生畏。這些人一到遊樂場所，被的士高的螢光燈一照，白點斑斑，更是恐怖。

眉毛中有皮屑，耳朵上有油垢，也是致命傷。

還有最要命的鼻毛了，長超孔外，或者露出一兩根，女士們一見逃之夭夭。

留鬍鬚的總是一副髒相。看不到意大利人的鬍子嗎？他們修得整整齊齊，是每天勤力下的功夫。從前魯迅和孫中山留的，也天天剪呀！哪像當今的鬍鬚佬，永遠向女士們露着「我要用鬍子刺痛你」的淫亂？

接着是恤衫了，領口不能大過頸項太多，扣了鈕還有一個拳頭的空位的，是從前的胡耀邦。當今的領導人已學會穿恤衫了，但花紋恤衫加上一套花紋西裝，也是禁忌，何況還要配上一條花紋的金利來？

褲頭綁近胸部的，只是毛澤東才有資格，他穿任何衣服，奴化的藝術家都會在畫中美化，但外國人看了永遠當笑話。

褲子下面穿着白襪或花襪，也會把人家眼睛弄髒。當今的，還有人配上一雙運動鞋。有教養的父母，是不會教子女那麼穿的。

衣服之外，露出的那雙手也能看出。尾指指甲留得長長的，一定是用來挖耳挖鼻，有甚麼比它更不衛生的？十指指甲都修得尖尖，幹甚麼？學殭屍嗎？

中國人有句俗語，說一開口就聞到腥味，這些沒有教養的傢伙，粗言粗語已叫人敬而遠之。

不說話，但吃東西時發出啅、啅、啅、啅。啊啊，那種噪音實在令人受不了，有哪個父母教你吃東西啅、啅、啅、啅，除非父母自己也啅、啅、啅、啅。

打噴嚏時不用手巾和面紙掩鼻，或者濃痰一口飛鏢射出，這種人已不值得我們去討論。走起路來大搖大擺，頭部不停晃動的，已一無可取。

常常一個我字，甚麼都是我、我、我。在大機構中辦事，公司買了這個產業，賣了那個股票，說起來，從不講我們，而是我買的，我上了市，以為都是他自己一個人的功勞，這種人，也無教養。

見到旁人不可一世，老闆一出現，即刻變成一條狗討好。這種人，也得避之。

眼神不正，不敢目對別人的鼠頭鼠腦，已不是人。

又，甚麼叫一個有教養的女人呢？

條件應該和男人一樣，但她們較難看穿。

一般香港女人已相當注重外表，不會亂着衣服。而且，化妝品由幾十塊到幾萬塊一樽，照買不誤。別的可省則省，只有這種東西不能省。

至於頭，很少自己洗的，美容院一條街上開了幾家，從來沒看到一個國家，有那麼多間的美容院。

但細看「尊容」，有些女人，已經紋眉。紋眉女子，先看出一個懶字，她們以為紋了眉，就不必太花功夫去畫了。

即使有了外表，香港女子做人的態度，總是讓人覺得她們面目可憎。永遠對男人呼呼喝喝。職位略為一高，即刻拿了陰毛當令箭，非表現她們的權力不可。

從來在她們的口中擠不出一個「請」字，接電話總是一句「等等」，不會說「請等」。

沒有教養的女人，常抬高頭說話，說到一半，想不到怎麼接下去，就以嘖的一聲終結，一直是嘖、嘖、嘖。

教子女時先教勢利。養出來的，都是狗眼看人低的孬種。

越無教養，自卑感越重。只有借助名牌手袋來表現自己，買不起真的，就到深圳去買贋品。

這種女人，注定老了成為孤獨的八婆，結婚一定和丈夫吵架離婚，嫁不出去的居多。

沒教養的男女，身邊皆是，對付方法，只有漠視。和他們講話時，透過他們的身體，看着他們背後的事物，不能多過三兩句，應即刻彈開。

通常，說人壞話時，總加一句：「也有例外。」

對於這些沒教養的，不必說有例外。他們沒有例外，不用對他們客氣，客氣了也沒用，他們沒教養，聽不出的。

黑色頌

我深深地愛着黑色。

宣紙上的墨、碟中的醬油、女人頭上的烏絲，由窗口看出去的夜晚，數之不盡的美。

黑，是天下最好看的顏色。古人所稱「火所薰之色」，很多人理所當然地接受了她，看見了也等於看不到，但是你知道不知道。黑，是物體完全吸收了日光或燈光的光線所呈現的顏色呢？

康熙字典中不常用的黑字旁字，一共有一百四十九個字，但是她擁有自己的部首，不是查里部，或灬部的。

俗氣的金黃，配上黑色，顯得高貴。家中有尊黑漆漆的銅製佛像，貼上一兩片金箔，那種幽雅，非筆墨所能形容。

過艷的紅色，配上黑色，融合相襯。黑色西裝結一條大紅領帶，多麼地搶眼！

平凡的白色，配上黑色，印象深刻。黑白照片留下的回憶，誰能忘記？

黑洞的神秘，是那麼多科幻小說的題材。

黑板上的粉筆字，大家都經歷過，貌美的教師，如今是否已變為老婦？

黑人美女，皮膚細嫩，體中發出幽香，豈非人知？

黃種白種美人臉上的黑痣，更不是那麼容易忘懷。

當然，美好的東西，總有醜惡的一面。

黑心，雖然沒有實物存在，但是那種無形的可怕，令人驚震。

黑死病在中古小說中經常出現，是十字軍東征的時候吧，與我們已無關，記得清楚的是《死在威尼斯》裏男主角臉上的烏汗。

黑帖是無名的膽小匪類發出的函件，名字也不敢簽上，為人所不齒。

黑道人物是可憐的，這是他們無法之中求生的途徑，跟着文明社會存在。他們所說的叫黑話，他們擁有的叫黑物，他們使的是黑錢，他們經營的是黑市。其實，與黑色本身是無關的。

比較滑稽的是黑店，在《水滸》中出現了多次，經常是在吃大包時吐出人的指頭。

黑色幽默深得人心，緊張刺激肉緊，百看不厭。

黑海在俄羅斯、保加利亞、土耳其、羅馬尼亞之中，它流入大西洋、愛琴海、地中海，面積加起來佔世界上海洋的一半以上。

黑寡婦是隻蜘蛛，和伴侶做完愛才吃他，雄性被吃時連身體也僵硬，逃不過她的魔掌。

黑珍珠也是可愛的、高價的。

黑森林是多瑙河的發源地，許多華爾滋舞曲都在此誕生。也有蛋糕叫黑森林，並不好吃。

黑貓在西洋人眼中是不祥的，但她的行動高貴典雅，眼珠中發出的深藍，懾人心魂。

黑燈瞎火，是講黑暗沒有燈光的情景，也說成黑燈下火。這大多數是北方人的用語。北方人形容黑，還有黑洞洞、黑糊糊、黑忽忽、黑乎乎、黑黢黢、黑魆魆、黑壓壓、黑油油、黑黝黝……

總之，是黑咕隆咚。

許多見不得光的行為是在黑暗下進行的，但並非一定不美好。喜歡在黑暗中做愛的女人，多數是身體或面部有缺點。

黑色的回憶，有童年時被父母喝罵還不睡覺，躲在被窩中照電筒看書。被窩裏，還有和鄰居小女孩混在一塊嬉戲的回憶片段。

黑暗中看電影，是一生最多最美好的經驗，初吻也在戲院中進行，略為成長，後座中與女友撫撫摸摸，至今印象猶新。

電視、錄影帶、鐳射碟、是黑暗的剋星，它破壞了神秘感，也毀滅了許多的樂趣。

黑暗的海洋，最誘人！

你有沒有試過在熱帶的海中深夜裸泳？螢光細磷貼在身體上，划水的時候更是閃閃發光，人體比美人魚還要漂亮。

夏天夜晚抓螢火蟲，有如置身在宇宙，天上的星星在你身邊飄流。

陰陽是相反的，黑暗比光明還要好看，不然為甚麼陰字行頭，而非陽呢？

白天的黑色也是美的，冬日的回陽，西方人所謂的印第安夏天，影子長長地照在大地上，陪伴着我散步。

我喜歡黑色，要是有可能，我會把家中所有的東西都以黑色襯配，連內衣底褲，都要黑色。

黑色天鵝絨上的女性，更是顯得雪白。

對，黑色也代表了死亡，許多人討厭黑色，主要是這個原因，但是生老病死是自然的現象，為何不正視，而要逃避呢？經過這種黑思想中的註釋，黑色不過是一種形象吧了，怎麼不能有所偏愛。

黑色萬歲。

替男人選西裝

從前名牌西裝一萬多塊就有一套，在二〇一五年已漲到四五萬了。

為甚麼要買這些店的，而不在附近找裁縫做？道理很簡單，人家的高科技機器，把領子熨平了怎麼弄都不會皺，我們的脫了下來掛在手上，一下子就變成油炸鬼了，所以西裝這回事，不得省也。

年輕人買不起，不要緊，當今很多牌子賣得都便宜，像M&S、ZARA、UNIQLO等都賣西裝，他們也有熨領子的機器，買一件加基Khaki料的，簡簡單單，穿起來也夠體面，不一定要跑到歐洲名牌店去找。

有了多餘的錢，就去投資一套好西服吧，跟流行的話，年輕人會選擇Dolce & Gabbana。二〇一五年流行的都是窄衣窄褲的，有些褲腳還要短得露一大截襪子。這些西裝，再過一年半載，看起來就十分滑稽，而你的投資，就泡湯了。

作長線的話，一年買夏天一套薄的，冬天一套厚的，加起來，十年你就有二十套，二十年就有四十套西裝可以不斷地更換，你的衣櫃，已是個寶藏。

不會被嘲笑過時嗎？中庸的西裝，我可以保證，至少可以穿個二十年。不是大關刀領，也非太窄的褲子，那種兩粒至三粒鈕子的西裝，親眼看到，是這二十年，甚至於三十年，穿到歐洲去，還是被尊重的。上衣不會改變太多，褲子的流行變化才大，我們要是一成不變，還是穿着從前國家領袖的長至奶頭下面的褲子，當然成為笑話，當今只要買多幾條褲管沒那麼寬大的，已不會落伍。

料子才是應該注重的，對方要是識貨之人，一眼看出，自己穿在身上更增加自信，春天買 Marine Blue Mirco-Nailhead，夏天 Cream Pupioni Silk，秋天 Oxford Gray Sharkskin，冬天 Cambridge Gray Worsted Flannel，或者簡單一點，天熱時來件又薄又輕的沒有裏子的麻質淺色的，天冷時來件小茄士咩深色的，已夠應付。

西裝還有一種四季皆宜的絲質料，通常是賣得最貴的，穿這種料子的人夏天有冷氣，冬天在有暖氣的室內，出外有車子接送，不必穿太薄或太厚的西裝。

求變化時第一件要買的就是 Blazer 了，它可以穿得隆重也能輕鬆，適合出席戶外活動，顏色只限黑色或深藍，特點在銅鈕，多為三排六粒，上兩粒是裝飾，右邊的兩粒實用，鈕釦代表了西裝的牌子，也有深藍的鈕，像帶着一個D字的 Dunhill

Blazer 就是一個例子。

如果有需要的話，要多一件踢死兔 Tuxedo 好了，會穿衣服的人不太用這個名詞，都叫為晚餐裝 Dinner Jacket，要穿的話別太馬虎，得要來一整套，絲領的上裝，左右帶絲條紋的褲子，結領花的恤衫、黑鈕子，配袖鈕、絲質束腰帶和光溜的皮鞋，背心穿不穿隨你，但上述的基本，不可缺一。一生人之中買個一兩套，當玩的好了，穿不穿不要緊。

穿西裝的最大忌諱是袖子多數太長，不露出半吋的恤衫袖口；頸背不合身，腫起了一圈，更是不可饒恕的。當今要找到好裁縫，只有去倫敦的 Savile Row，十幾二十萬一件很普通，有沒有這種必要看你自己的要求，要明確地知道自己要一件甚麼樣子，看現成的。

一般，去名牌店看見有甚麼你喜歡的樣子，就叫店裏的裁縫替你改好了，都有這種服務。

值得推薦的是意大利的 Loro Piana，他們以名貴料子見稱，可以選擇的多不勝數，更特別一點，冬天有他們獨家的 Vicuna 料，夏天有蓮莖抽絲料。他們的手工更是一流的，甚麼身形都能做到最好。

其他西裝店有 Armani，十多年前在一部電視片集中被捧紅後，變成美國人最愛穿的西裝，但在我們看來，已經一件不如一件，變成一塊死牌子。

Versace 的太多花枝招展，傾向於同性戀者的喜好，老實一點的有 Tom Ford 的，也受同志歡迎。

Hugo Boss 在美國大花廣告費，也有人知道了，但愛好時裝的意大利人和英國人都把這家德國廠當成笑話，尤其是它的名字叫成「波士」，不俗也變俗了。

穩重的是 Brioni 和 Ermenegildo Zegna，這兩家店的料子和剪裁一向是最好的，訂做當然更無問題，如果想擁有一套四季皆宜的西裝，最好在這兩店選料後請他們的裁縫做，不太會過時。

想穿得入時、瀟灑、飄逸又不老套，也不跟時髦的話，那麼 Yves Saint Laurent 是首選，他們的西裝外面漂亮，連裏子也特別設計，脱下後翻摺在手腕，也相當有派頭；可惜此廠只注意女性產品，男人的西裝每季只設計十幾套，選擇很少。

Hermes 和 Louis Vuitton 也出男人西裝，樣子看起來永恒，但都有少許的變化，每年如此，每季如此，懂的人都看得出已經是去年貨，除非你跟得很貼，又不在乎每套西裝只穿一季，否則還是別買。

領帶的樂趣

打開箱子，翻出一大堆的領帶，至少也有幾百條。

我對領帶的愛好，是受家父影響，當年他在新加坡邵氏公司上班，也常打領帶，最喜愛的是一條全黑的。別人迷信，說有喪事才結，爸爸才不管，一直打着，在公司也有黑領帶的外號。

箱中也有無數的黑領帶，顏色一樣，但暗紋不同，有窄有寬，跟着時代流行轉換。穿藍色襯衫，黑西裝，黑領帶，看到的人都說大方好看。

其中有些黑領帶是雙面的，由名廠 Mila Schon 製造，當年也要上千塊港幣一條吧。我買領帶絕不吝嗇，在外國旅遊，一看到喜歡的即買。選領帶有一套學問，那就是你走進一家領帶店，那麼多的貨物，買哪一條？很容易，像鶴立雞群一樣突出的，一定是條好領帶。

在做《今夜不設防》那個節目時，更需要每次打不同的領帶，我的收藏逐漸豐富，但買來買去，最吸引我的如果不是彩色繽紛的，就是純黃純紅或全黑。領帶能和襯衫及西裝撞色，並不一定要一個系統的顏色才順眼，比方說淺啡色西裝，藍色衫，撞上一條黃色，也很好看。

但說到耀眼，還是要遇到丁雄泉先生才懂得，丁先生對彩色的捉摸非常了得，甚麼大紫大綠、粉紅的廣告色等俗氣的顏色，一到他手上，完全變為藝術品。

丁先生的西裝有時也是他自己的畫，印在布料上才做出來的，他的花花世界中有無窮的變化，就算黑白，也被他畫出色彩來。

舉一個例子，有一回他來港住在半島酒店，我接他去參加一個酒會，那次他的行李丟失了，沒有他獨特的領帶，就叫我陪他到尖沙咀的後街，從一家印度人的商店買了一條便宜的黃顏色的絲質領帶，回房間後，他用黑色的大頭筆，在領帶上畫上一群游過的小魚，穿上黑西裝黑襯衫後，那條全黃領帶簡直彩色繽紛，酒會中不斷地有美女前來問，領帶是哪裏買的。

後來我就向丁先生學畫，也沒舉行過甚麼拜師禮，總之我們之間的友誼，像兄弟，像父子，像師徒。他一年來香港兩次，我也盡量兩次去他阿姆斯特丹的畫室學習。

「我能教你的，不是怎麼畫畫，而是對顏色的感覺。」他說。

從此，我買了大量的白色絲綢領帶，每條約二三十塊港幣，當成白紙或油布，不停地塗鴉，當我結了領帶到米蘭或巴黎的時裝街頭時，很多人都會轉頭來看，歐洲人的個性就是那樣，他們不會遮掩對美好事物的讚美。

「噢，是 Leonard？」男男女女都那麼問。

這家廠的衣服或領帶的顏色非常繽紛和獨特，每條千多至數千元，我也買過很多，後來自己會畫了，就省了不少錢來。

丁先生用的顏料，為一家叫 Flashe 的法國廠製造，屬丙烯 Acrylic，說得白一點，就是乳膠漆，可以溶於水，但是乾後又不褪色，可水洗。Flashe 產品比其他英國名廠的還要鮮艷，有的還加了熒光畫的領帶，結上了去的士哥跳舞，紫光一照，黑暗中還能發亮，領帶晃來晃去，舞伴和周圍的人看了也歡呼。

這些自己畫的領帶用了好久，近年來我喜歡穿「源 Blancde Chine」設計的中式襯衫，圓領，不必打領帶，就逐漸少畫了。

剩下的不停地送人，也不夠用，索者還是不斷前來，曾經有家在機場賣領帶和圍巾的公司向我提議，要把我那些圖案印在絲帶上出售，但沒有結果。

最近我在計劃，在淘寶網上開一個網店，同事們都説領帶會好賣，已經談好一廠家專做一批，小生意而已，有興趣可以買來玩玩。

自從矽谷人不修邊幅，國家領袖又要親民，打領帶的人愈來愈少，不過領帶就會從此消失嗎？我想也未必，到了隆重場合，始終要打上一條。

領帶是優雅年代的產物，為甚麼發明？傳説紛紛，最討女人歡喜的説法是：為了要牽住男人，顯然不必像牛一樣地由鼻孔穿去，綁在頸上就是。這當然是笑話，男人的西裝，打起領帶來，還是好看，因為好看，所以一代傳一代地存在下來。

在領帶的全盛時期，生產過不少的花樣，在我的童年，還看過方便領帶，已經打好了結，綁在一個三角形的塑膠模子上，有一個鈎，男士們只要把襯衫領子結好，扣上就是。

打領帶又有很多花樣，起初去派對跳舞，還要叫同學們教，打了一個最複雜的溫莎結，耳鬢廝磨之後，女友急了，撕開我的襯衫，又想幫我解領帶，手忙腳亂，差點沒把我勒死，這是多年前的事了。

恤衫隨想

自小就穿過雅路恤 Arrow Shirt。白恤衫是全球男人最具代表性的一件上衣。後來，雅路恤漸漸沒落，已沒有人穿這個牌子，但是鱷魚牌恤衫，始終流行。長大了，才知道法國早已有條鱷魚，不過你想穿港產的，隨便你好了。

白恤衫實在欺負穿的人。領子太寬，手袖太長，都是缺點。非長年訓練，絕對穿不好。像胡耀邦，從着中山裝到着西裝，那件恤衫打了領帶，領口足足寬了一個拳頭。其他領導人，袖子太長，像穿唐裝捲起來，不就行嗎？

基本上，男人的白恤衫設計沒有甚麼變化，百多年來，都是那麼一個老樣子。後來，有一天，我看見了一位叔伯，帶着幾個空中小姐在酒吧喝酒。啊，他恤衫的領子，竟有兩顆鈕釦扣住，是多麼大膽的一個構思，那是五十年前的事。

領口的雙釦，流行至今。但是沒有復古當時髦的感覺，因為間中從來沒有中止過。當今看來，似乎有點厭煩。

當中也有人發明了內扣裝，那是領子的雙邊後面連着一條小帶，目的是打了領帶之後將領口扣緊，裏面看不到鈕釦，但使用者覺得不方便，流行不起來。

忽然之間，一件白恤衫可以賣到兩三百塊港幣。當我聽到在日本做一件恤衫要一萬円，合七百多塊港幣的時候，有點驚奇，但是法國和意大利的名牌，早已是一千、二千、三千和五千了。

有甚麼分別呢？當我們穿的白恤衫衣領，還有兩枝尖矛型的塑膠撐住時，他們的恤衫早已不用。代之的，是完全沒有加工的領口，但還是那麼堅挺、好看。

有些領口照樣有兩粒鈕，但是已經暗藏在袖尖底面，有的甚至領中有領。兩個疊於領後的小領，扣上了鈕，外表看不出而已。

至於穿踢死兔晚禮服的白恤衫，雙領應該由內翻出，尖尖地。所結領花，是在領子外，或在領子內呢？都錯了，是在中間，不外不內的部位。要維持這兩條尖領不被燙死，英國紳士還發明了一個像刀片般的小燙斗，打完了領花，將領子燙了一燙。他們求完美嘛。

男人穿白恤衫，基本上有甚麼秘訣？簡單得很，是一個穿慣牌子，記住領口和袖長的尺寸，一直跟隨，就不出錯。

但是，有時苦於布料不是自己喜歡的，所愛顏色，又因尺碼缺貨，難於買到一件合乎心水的白恤衫罷了。

這時，我想起香港那麼多訂製恤衫的店舖，做得又快又便宜，為何不嘗試？買料子給裁縫做好了。白恤衫布料，太皺的燙不平。起碼得三四百針，才能筆直。我試過追求八百針的，後來朋友說重慶大廈中有一布料店，出售瑞士織的一千兩百針的，即刻買下。

拿了一件穿慣的白恤衫，關照上海恤衫專門店：「請替我做得一模一樣好了，別去改它！」

上海裁縫唯唯許諾，做出來的一看，領子照樣是那兩條塑膠尖具支撐，嚇得一跳，那一千兩百針織的布料，就此泡湯。

從此不敢再請人訂製白恤衫，直到認識一位香港恤衫大王，他說：「拿來給我們做好了，保管一模一樣！」

我的個性，總是先相信人，就到這位長者店裏再做一件。

事先把穿慣的交給他們做樣板。店裏大師傅要量我的領子和袖長，我說不必了，照做可也。對方堅持：人的雙手，有長有短，量一量吧！我擰頭耍手，但拗不過大師傅，只好聲明不可更改。

終於做出來的，袖口摺疊處完全不對，袖子太長，領口太寬。上海師傅，是有個性的，非將之發揮不可。

再給你一次機會，不要改！我命令。

到了店裏一量，領口還是闊大。少東心有不甘地抱怨：「你的恤衫已洗了幾次，我們新做的做大一點，以防縮水。」

我的第一個反應就是：為甚麼你不先將布料浸濕？

但是，我知道再說一萬遍，做出來的不一樣就是不一樣，客氣地稱好。

男人西裝和白恤衫，不管是法國或英國的名家設計，在領口後面總有一條小布，繡着 Made in Italy 的字眼，看見了就有信心。為甚麼？手工好呀！

我不相信意大利裁縫的智慧和細心，會比香港人好得那麼多，但是我們只是看眼前，遊客一到，好，在兩小時做給你。蘇絲黃年代，畢竟已過。上海裁縫手工曾是一流，但永遠置身香港，從未出國旅行，加上那致命的頑固，無可救藥。

試看意大利人的西裝技巧，領子部份已有一大躍進，創出的領底襯料，永遠不會起皺紋。香港裁縫還生活在逝去的年代，把領底用厚麻襯住，夏天一到，熱起來把西裝搭在臂上，再穿起時領子皺得像油炸鬼。

白恤衫也是同一道理，一直是硬繃繃的那幾款領子，別說袖口的變化了。我們太不求上進，太落伍了。

吾老矣，希望有生之年，可以看到 Made in Hong Kong 的小布條釘在各國名士的西裝領子後面，時裝的手工業成為香港的巨大收入。對聰明的香港人，我是有信心的。

穿衣的樂趣

日本的夏天，吃七月底最成熟的水蜜桃，浸浸溫泉，與下雪時又是不同的味道。起來，一身汗，喝一杯冰冷的啤酒，聽聽周圍樹上蟬聲。

勾起一段回憶，四十年前看過一部石原裕次郎的電影，他在夏天穿了一套和服，薄如蟬翼，心中大讚：「天下竟有此般美妙的東西！」

後來才知道是一種叫「小千谷縮 Ojiya Chizimi」的麻質布料。早在千多年前，已極為日本人推崇。

「小千谷」是地方的名字，所謂「縮」，則是一種傳統的織布法，在昭和三十年被指定為國家重要無形文化財產。

哪一家人、哪一個牌子的小千谷縮做得最好呢？都不重要，它是經過嚴密的審查才能打上「小千谷縮」的標頭，需具有以下五個條件：

一、原料一定要使用手撕出來的苧麻。

二、織有條紋，不靠機器。

三、只許可用傳統的木架織布機紡織。

四、除去麻線上的凹凸，只能用水沖洗，或用腳踏平。

五、必得在雪上曬乾。

自古以來，越後新潟的農村女子，到了冬天雪季不能耕種，就在家裏織布。將苧麻浸水後一條一條剝成線的過程已需一個月的時間，紡織時屋中不可燒火爐，否則影響纖維的伸縮，織好的布在雪地上洗曬，也是同一個道理。麻條製成布疋後，揉之又揉，令纖維收縮，捲曲起來離開皮膚。

用這種技巧織出來的布，質地柔軟，但非常筆挺。在透涼感、水份的吸收和發散、白度、光淨、堅韌上面，苧麻都比南方人慣用的亞麻強得多。

小千谷縮算是世上最完美的麻質布料，你只要穿過一次，就上癮了。

織成的布料磨擦在身上的感覺，是種無比的享受。伊豆修養寺的溫泉旅館中，就用全白色的小千谷縮來做布團被單和枕頭的蓋子，非常豪華奢侈。

這回帶了老饕旅行團來岡山吃桃子，前後兩回一共在日本住上十天，夠時間在大阪的高級和服店訂製一件。

小千谷縮做的和服近於透明，得穿上一套內衣才不失禮。通常日本人會在上身穿一件內衣，領子和袖子的顏色襯外衣，中間是白的。

我選的外衣是深藍色的，問裁縫師傅道：「為甚麼中間要用白色，全套都是藍的不行嗎？」

「白色，」他回答：「才能把材料襯托出來，讓人家看得出是小千谷縮。」

另外要配上一條內褲，蓋住膝骨那麼長，日本人稱之為捨子 Suteteko 的，也是棉質的居多。

腰帶可用扁平的，但是我還是喜歡近於黑色的十二尺絲帶，捲成數圈纏於腰中。一般和服的腰帶綁起來結容易鬆掉。為甚麼有些人的帶子綁得那麼結實？原來穿上身內衣時已有另一條帶封住。穿上外衣，內層又加一條，最後外層才纏正式腰帶的。

拖鞋和木屐任選。要正統的話，還是得穿江戶時代公子哥兒流行的 Setta。皮底，插着一條鋼條，走起路來發出金屬聲音。

夏天不可缺少的道具是一把扇子，普通的日本摺扇太小，沒看頭。用一把葵扇吧。扇上加網，令它不散，再添上一層薄漆，才不穿孔。選把鮮紅色的，夠悅目。

扇子不用時，可插在腰帶背後。

衣服絕非夏天洗完澡後穿的夕雲 Yukata 涼衣可比。夕雲只能穿着在街上散散步，不登大雅之堂。這一套和服可以出席任何場面，非常大方。

織小千谷縮的工匠愈來愈少，政府拼命培養，但有甚麼年輕人肯在沒有暖氣的屋中織布？尼龍代替，卻一下子就露出馬腳。

「小千谷縮那麼好的料子，為甚麼內衣卻是普通的棉織？」我問那個和服專家。

「啊！客樣，」他說：「我們日本人穿衣服是穿給別人看的！」

「那麼你用藍色的小千谷縮來替我做做內衣吧，別人看得出、看不出不要緊。」我說：「但這合不合傳統？」

「不是合不合的問題。」他回答：「衣料不便宜，沒有人那麼要求過。」

豈有此理！自己感覺好，才最重要，管他媽的人家怎麼看法？

記得豐子愷先生談起他老師弘一法師李叔同的服裝，說他是風度翩翩的公子哥兒時，整套挺直的西裝，當了教師穿的是合身份的長袍。做了和尚，寫信請人做袈裟，尺寸寫得清清楚楚，絕不含糊。是甚麼穿甚麼，像甚麼。

洋人着唐裝，男人總像功夫片配角；女人穿旗袍，衩開得有如歡場女郎。看得搖頭不已。

我們到意大利最好穿英國西裝，到英國穿法國的。着日本和服，非但穿得要像樣，還要穿得比日本人好，一樂也。

荒唐褲

小時候穿開襠褲，隨時就地解決，快活逍遙。但有缺點是給蚊子叮，還有鵝子鴨子看見了也不放過，追上來當蟲啄，簡直是惡夢。

到幼稚園便得穿短褲了。母親還是不肯給你做條底褲，蹲下來由褲襠露出一小截，不太文雅，但是又何必在乎？

第一次穿底褲便以為自己已經是大人，驕傲得很。最初的底褲是件雙煙囪，穿了起來，小弟弟不知道應該放在左邊，或是右邊，迷惑了好一陣子。

開始有緊束的冒牌Jockey三角褲時，已知道夢遺是怎麼一回兒事，朋友叫它畫地圖。小夥子精力充沛，畫起來是五大洲，但覺難為情，半夜起身，把弄濕的底褲擲在床底下，繼續糊裏糊塗睡去。

第二天醒來，記起窘事，想偷偷地拿去洗。一看，哎呀呀！惹了一群螞蟻。他媽的，大膽狂徒，竟然前來吃我子孫，立刻捕殺。

唸到初中，學校裏的制服難看死了，逃學到戲院之前，先進洗手間換條新款長褲，看電影時更當自己是男主角，不可一世。

當年穿的是模仿貓王的窄筒褲，買的都不合身，多數嫌太寬，只有求助裁縫師傅，指定要包着大腿，一吋也不多不少，穿了上來也不怎樣像皮士禮，至少褲袴中那團東西沒人家那麼大。

料子是原子絲的確涼，拍起照片來亮晶晶反射，下半身像外星人。

原先在褲襠外有四顆鈕扣，後來改為拉鏈，剛穿時不習慣，小解後大力一拉，夾住了幾根毛，或者頂尖上的一小塊皮，痛得涕淚直流，大喊媽媽。

跟着講究疊紋。老古董褲子一共有四條褶，疊紋是向內摺的。新款一點的向外摺，而且已經改為兩條疊紋。最流行的還是學美軍制服的，一條疊紋都不用。右邊的褲耳下有個小袋子，已經不是用來裝袋錶，學會交女朋友之後，袋中可裝另外一個橡皮袋，真是實用。

皮帶漸漸地消失，用的人很少，但褲子照樣有五個褲耳，不穿皮帶時露在外面，一點用處也沒有。褲扣多出一條長布條，穿皮帶時蓋住，也一點用處也沒有。

褲腳是摺上的，經常有砂石掉到裏面去，有時不見了一個五毛硬幣，也偶然在摺疊處找得回來。人們嫌麻煩，裁縫師大刀一剪，褲腳平了。以為追得上時代，哪知古董時裝雜誌上早就有平褲腳出現過。

喇叭褲是七十年代的寵物，褲腳越來越闊。但是名牌貨給某些人糟蹋掉，穿上之後覺得太長，喇叭褲子的褲腳被剪，變成不喇叭。

褲腳變本加厲地闊，闊到遮蓋住鞋子，配合上四吋的高跟鞋，矮子們有福了，可惜這款子的褲子只流行一兩年，又被打回原形。

最不跟時代改變的只有牛仔褲。大家都穿牛仔褲，穿到現在還是樂此不疲。但是牛仔褲不是人人穿得，要有一點點的屁股才行，梁家輝穿起來好看，其他平屁股的男人穿了就不像樣。

牛仔褲最好配襯皮靴，像占士甸穿的那種，帥得不得了，試想穿上普通皮鞋或是運動鞋，翹起腳來露出一截白襪子，是多麼煞風景的事。

你一條我一條的牛仔褲，大家一樣，就成為了制服。人們求變，在牛仔褲上繡起花來，又釘上亮晶晶的鐵片，或者貼上一塊黃顏色的圓皮，畫着一個笑嘻嘻的漫畫。有些人更把褲腳撕成線，走起路有兩團東西在跳草裙舞。

這一個時期，香港人錢賺得最多。全球百分之六十的牛仔褲都是 Made in

Hong Kong。

法國人意大利人看得眼紅。生意都被你們這班細眼睛的黃種人搶光，那還得了！他們絞盡腦汁，結果給他們想通了，利用雅皮士愛名牌的心理，他們生產了庇亞·卡丹牛仔褲、仙奴牛仔褲、狄奧牛仔褲。

香港怎麼辦？也大不了甚麼，名牌貨還不是照樣在香港大量生產？而且香港人照樣做名牌，賺個滿缽。

時裝的變遷永遠是循環、可笑的。

有一陣子又流行回四條向內摺疊的褲子了，正當群眾花大筆錢去買名牌時，你大可以到國貨公司去找舊貨，包管老土創時髦，而且價錢只有十分之一。

世紀末的今天，時裝已越來越大膽了。你沒看到報紙和雜誌上經常刊登露出兩顆乳房的設計嗎？

女人暴露過後，男人跟着暴露，也許有這麼一天，男人流行回穿開襠褲。這也好，女人一目了然地審定對方的條件，不必太花時間。

在這一天還沒有到達之前，男人褲子一定會流行拿破侖式的窄褲子。大家都像舞台上的芭蕾舞舞蹈員。

這時候，女性墊肩的潮流剛剛完畢，大家都把那兩塊樹膠肩丟在地上，男人偷偷地把它們撿起來，塞在大腿之間，要不然，誰敢上街？

仙人的織品

數十年前，我在印度拍完了六個月的電影，當地製片送了我一份禮物：「我代表全組工作人員對你的信任，你吃我們吃的東西，你沒有和其他香港職員一樣吃我們特別為他們準備的菜，你尊重我們的文化，我們感謝你。好好的珍惜它，這是人生之中，不可多得的。」

打開一看，是英文叫 Shawl 的，女士們當為披肩，男人用成圍巾，約寬三尺，長六尺。

又薄、又輕、又柔軟又溫暖，我還當它為茄士咩，後來才知道是藏羚羊 Chiru 的毛織的 Shahtoose。

Shahtoose，波斯語「皇帝的絲毛」；由西藏羚羊的內層絲毛織成，每條毛寬度九個 Micron。Micron 是一尺的一百萬分之一，相等於人類頭髮的五分之一。

每一隻藏羚羊身上，只能取到一百二十克絲毛，但不能全用，不知要多少隻，才可以織成一條圍巾。它又被稱為 Ring Shawls 戒指的披肩。天下只有那麼大的一條圍巾，可以輕易地穿過一個結婚戒指。

那麼多年來這條圍巾一直陪伴着我，刺骨的冷風中，包着頸項，即感溫暖；坐長途機，蓋住全身，比甚麼絲棉被都禦寒。

用多用久了，清水一洗，曬乾了沒有皺紋，絕無縮水或闊大的現象，對一個常旅行的人，是件恩物。

經濟起飛，本來是皇親國戚的東西，民眾也開始有能力購買，又經富豪名媛一爭購，Shahtoose 的需要一高，屠殺跟着來到。

在二十世紀初有一百萬隻以上的藏羚羊，給盜獵者不斷殺害，到了中期，只剩下七萬五千隻。在西藏被獵殺後，剝了皮，拿到印度的 Kashmir 和 Jammu 紡織，因為只有這兩個地方的織工幼細。

國際組織才開始禁止 Shahtoose 的買賣，以保護將瀕臨絕種的動物，但非法銷售沒有停過，可以證明的是 Kashmir 和 Jammu 這兩個地方從來不管國際組織的禁令，繼續它們的紡織業。

奇貨可居，當今最上等的 Shahtoose 圍巾，一條要賣到一萬美金了，普通的也要三萬港幣一條。

你只要有錢有門路，照樣可以買到 Shahtoose。披在身上，亞洲人不識貨還可避過，但一遇到歐洲美國海關，分分鐘有權沒收你這條七八萬港幣的東西。這還不算，撞到了環保分子，搶劫潑漆事件，亦曾經發生。

就算沒人理你，但是屠殺了多少隻藏羚羊才得到的披肩，圍在身上，心裏總有一點陰影，尤其是有了《可可西里》那部片子，描寫保護藏羚羊人士遇到的苦難，看了更是於心不忍。

當然，我們可以大叫放棄 Shahtoose，披上一條大量養殖普通的西藏羊羊毛織的 Pashmina，價錢和入貨都是普通輕易，何樂不為呢？

可是，一披過 Shahtoose，已回不了頭。再好的 Pashmina 也滿足不了你追求極級品質的慾望，那要怎麼辦才好？

答案是 Vicuna 了。

牠是一隻生長在南美洲的駝馬，三呎高，身材苗條，頸項很長，有兩隻又長又尖的耳朵和大眼睛，樣子非常可愛。體重只有一百磅左右，與少女的相等。所以古代的印加族人稱牠是「安第斯的公主」。

應該是駱駝類演變出來的品種，Vicuna 多數生長在秘魯的高原山峰之間，能在八千公尺或以上的高山靈活地跳躍，因為牠有特別的血液，糖分極高，令牠吸收更多的稀薄空氣。

和人類一樣，牠也懷胎十月，初生的嬰兒，十五分鐘之後就能和母親一起奔跑。一生自由奔放，從不馴服，也不能用人工繁殖，否則絲毛的質地即刻變粗。

在印加極權年代，Vicuna 只有皇帝和貴族才有資格穿。捕捉的方法是在夏天啟動了二三萬人，分散為一大圓圈。慢慢向牠們走前，圓圈越縮越小，最後包圍。由皇帝親自監督，四年才舉行一次。偷盜者會被斬頭。

抓到後，把最年輕的 Vicuna 毛剪下，每一隻兩年一次才能採取到八安士的絲毛。一件大衣，要用到二十五至三十頭才能織成。

比藏羚羊的命運還慘，在十四世紀有一百萬隻，一百年後已剩下幾千，但到了機關槍的發明，已只有五百隻了。

在一九七六年的華盛頓 Cites 條約中，Vicuna 是最受保護的動物，禁止牠的絲毛的一切買賣。但是秘魯是一個貧窮的國家，絲毛帶來的收益能夠養活不少人口。而且在計劃下已成功地讓野生的 Vicuna 的數量增加到幾萬隻，秘魯政府在一九八七年開始向 Cites 申請販賣。得到允許後即刻舉行國際比賽，看看哪一間合夥公司夠資格和價錢來接管紡織的工作。

最後由意大利的 Loro Piana 投得，它是一家創自一八一二年的公司，專門製作全球最好的毛織品，以設計優美，穿着耐久見稱，從不跟流行，只求質量。

經過數十年的禁止，Vicuna 終於能夠賣到消費者手上。不像ＬＶ、愛馬士或其他時裝名牌，知道 Loro Piana 的人並不多，它也製造大衣、夾克、恤衫褲子等服裝。價錢雖然不菲，但是我們可以正正式式、公公開開地圍上一條仙人衣料的圍巾，已不枉此生了。

毛衣

天氣又涼了，開始整理禦寒的衣服。

從櫃中找到一件卡利根，是件長袖前面開衩的毛衣，下面有四粒鈕釦，一粒雙排，以供大肚腩者穿着的。英國 Jeagar 牌的產品。

撫摸起，還是那麼柔順，穿在身上，感到一陣陣的溫暖。雖然胸口背上，已有數個蟲蛀的小洞，但我珍之惜之，每年必取出着用。

這是家父遺下來唯一一件衣服，我會穿到死亡那天為止。

數十年前，當他來香港探望我時，為他買下的。新加坡天熱，不必用到。每年來港小住，一遇天寒，就穿這件黑色的毛衣，其他時間放在我家裏。最後一次返星，照樣留下，我才派得上用場。

入秋時，一件襯衫，加上這件毛衣，已足夠。到了寒冬，清晨起身，我愛把它反來穿，鈕子扣在背後，再披上一件絲棉襖，開始寫稿，多年來不變，已成習慣。

怎麼當年的毛衣，質素是那麼好，永遠不會結成毛球。當今買到的，穿了幾次，已要用剪刀除掉起毛部份，雖說都是茄士咩 Cashmere 毛製成，與舊的有天淵之別。

一生之中，買過的毛衣無數，為了跟流行，也穿過劣質毛衣，一點也不暖，款式好看而已。有的甚至尖毛插肉，穿得非常之不舒服。從那時候起，也就討厭樽領式的毛衣，每次都要用手指去拉一拉，才能喘氣，老罪受夠。

V領的毛衣也不好穿，冷風吹入，非得另用絲圍巾打一個結來禦寒不可。

愛穿的是圓領的毛衣，裏面恤衫一件，露出領來，毛衣再起尖毛，也插不到我。圓領毛衣買了多件，都是淨色的，紅藍白綠，用來配恤衫的顏色。

就算去了北海道，一件 BVD 汗衫，一件恤衫，加上一件毛衣，最後穿件皮外套，怎麼寒冷，都不怕了。到了室內，一件件脱去，至到剩下汗衫和恤衫為止。

在南斯拉夫生活時，看到一件很厚的，以為一定很暖，即刻買下，穿了幾天，好像挑了擔子，愈來愈重，弄得腰酸背痛。更覺得着毛衣，非上等茄士咩不可，又輕又薄，像意大利鞋子，穿上之後再也回不了頭。

最近，茄士咩大興其道，大陸產品居多，甚麼毛衣都說是茄士咩，不然就是甚麼 Pashmina 了。

茄士咩這個詞已被濫用。其實，只有生長在海拔八千八百四十八公尺的喜馬拉雅山山羊 Capra Hircus 的毛，才有資格稱上，而且只用牠頸部的毛，腹部的已是次等。在新疆那邊的羊，叫為茄士咩，而在喀什米爾的叫為 Pashmina，產自同一種的羊。羊生長在愈高，毛愈細，只有人類毛髮的六份之一，也是全世界最細的天然纖維。

西藏毛羚羊和喀什米爾的羊被人類大量屠殺，已近絕滅。當今最高質的羊毛已被全球禁止出賣，在歐美等地，被環保人士看到，也會像貂皮一樣被潑紅漆的。

我買到的是數十年前的產品，當年不受限制，沒甚麼大罪。除了毛衣之外，有一條三丈長的圍巾，用來包裹全身，像一隻糉子，絕對溫暖，這條又長又大的圍巾，可以穿過一個戒指。

當今能買到的最高質毛衣，只有英國蘇格蘭的名牌 Pringle 吧？

Pringle 已有七十多年的歷史了，本店開在倫敦，地址是 112, New Bond Street，Tel：44-207-297-4580。它一向是皇室的愛用品，有隻獅子為商標，在一九五〇年，瑪格烈公主還親自到該廠參觀過。

這塊牌子不只是一件過的毛衣那麼簡單，在一九三四年，請了名設計家創出一套叫 Twinset 的，是底面圓領毛衣一件，配上同顏色與料子的外衣，創出潮流來。

這個設計到了一九五五年，出現於《Vogue》的封面，再度發揚光大，影壇巨星如格麗絲·凱莉、羅蘭·巴可兒和性感小貓碧麗姬·芭鐸都穿上，成為眾人爭購的產品。直到今天，許多淑女還是愛穿這套 Twinset 的衣服。

在一九五一年，Pringle 廠開始為皇族設計高爾夫球裝，一下子售罄。到了一九六四年，出名的 Arnold Palmer 也穿了，賣得更好，後來才學會設計自己的牌子，但質地差得遠了。

近年來，Pringle 在米蘭時裝節上不斷推銷產品，請了《星球大戰》和《紅磨坊》的男主角 Ewan McGregor 當模特兒，披上一條刺繡紅色大獅子商標的圍巾，有款有型。

日本人發明了團團轉的織毛衣機器，令到一次過可織成一件衣服，完全無縫。Pringle 更為淑女們設計了毛衣晚禮服，又輕又薄，身材盡顯。

至於這個那麼出名的廠，老闆是誰呢？

原來是被香港人方鏗買了去。英國的大公司，經營不善，為外國人購買的例子甚多。今天午膳，聽左丁山兄説，Jeagar 牌也在找香港人購買，沒人要呢。

記憶最深的，是當我出國唸書時，父親買給我的那件毛衣，就是 Pringle 的；而我送他的，只是件 Jeager，非常慚愧，但人已去矣，後悔也來不及了。這個故事教訓我們，對於親愛的長者，要送的禮物，一定要最好，就算多貴，儲蓄久了，一件毛衣，也花得起。

高素質的人

溫總理在出國時說：「每名中國人及炎黃子孫都應為國家形象盡一分力，中國人最講文明、信義和禮貌，要讓人感到中國人是有很高素質和文明的人，才會得到別人的尊重、佩服和敬仰。」

說得真好。領導到底是領導，有先見和抱負。這的確是外遊的中國人應該做的事，做中國人的責任。

但是，中國人講的文明，和外國是不同的，千萬要注意。舉個例子，我們旅行團中有個團友，一吃東西就拼命打噎。在古時候，也許這個噎是代表了肚子飽，或者非常滿意，可是這種打得長長的噎噎噎——，對於外國人來說，是種非常、非常不禮貌的事。

我們暫且不講甚麼叫外國人，人家到了我們這裏，人家就是外國人。我們到了別人處，我們就是外國人。在這個世界旅行，大家都是外國人，大家都是國際人。

從此我們就以國際人自居吧。做國際人，有最基本的要求，大聲打噎，就是不被國際人接受的，變成了聽覺污染。

聽覺污染還包括了吃東西時，啅啅有聲，我不知道為甚麼別人會發出這種聲音。我們小時候，進食一啅啅，就會給父母罵，罵多了，我們當然不啅啅。中國人外遊吃飯時發出的啅啅，是不是他們的父母也啅啅？

至於信義，很多國際人在中國做生意，都到處碰釘子。中國人講的，除了信義，還有關係。誰叫他們不懂得拉關係呢？一有關係，甚麼都好辦的呀！真蠢。中國人說：合同又有甚麼用？大家互相有利的話，一張紙又代表了甚麼？

這又是水準不同的關係吧。

禮貌方面，中國人到了外地，一看到長龍，非打尖不可。爭先恐後把別人推撞的行為，在國際人的眼中，是最沒有禮貌的一回事。我們讀小學時，已有老師教導，大概是中國人的老師，自己也打尖吧？

乾淨也是禮儀，中國人最愛乾淨了，那一口痰，卡在喉嚨，不馬上吐出來，髒死了。所以我們要盡量、徹底地清除！怎麼清除？先要運氣，嗬嗬嗬，先長長地嗬——一大聲。然後，咳、吐、呸，一箭飛去。這才過癮，這才是徹底的乾乾淨淨。

習慣也不是一兩天可以養成的，但是根底是文明的中國人很快地就學會了，他們已能不隨街吐痰，只在餐廳吃完飯後又嗬嗬嗬，再咳、吐、呸地把痰包在餐巾裏面，順便擤擤鼻涕，最後才用餐巾擦嘴。別以為我在毀謗，這是親眼看到，千真萬確地發生過的。

兩個人一碰上，就大聲説話，旁若無人。真有英雄氣概！就算是一個人，也自言自語，那是在乘公眾交通時，他們在講手機時聽到的。國際人尊重肅靜，最討厭別人大吵。

當一切靜止時，忽然傳出卡、卡、卡的聲音，原來最乾淨的習慣又發作，一心一意地要把留着的長指甲中那些污垢挖出來。

首先，在國際人眼中，留長指甲，已是一種非常不文明的行為。不但尾指，有時看到十指都留，而且要叫美容師剪得尖尖地，比殭屍還要恐怖。

清理完髒東西，又接着把耳朵的死皮弄個乾淨，最後用尾指插入鼻，挖去一團，再以拇指彈去，有時雙指搓團，搓了又搓，成為漆黑仙丹，發出內功，射至遠處。波的一聲，咦？怎麼黐在玻璃窗？刮它下來，再搓過。

就算能夠把這些醜態一下子改了過來，但身上發出的味道，是絕對不能被國際人所接受的。

成千上萬的遊客，擁到杭州西湖，多美的西湖，也變成了臭湖。我已經不敢在西湖旁邊散步，要去也得早起，乘無人時，去看日出。這也許是人類成長的環境下養成的。北方人認為洗澡，是有必要的時候才洗；南方人則變成一種習慣，天天要洗。不洗也沒問題，但是得保持不發出臭味才行。法國人也不洗呀，但他們用香水來遮臭，今後的中國人也許會大灑古龍水，快去投資製造吧，這是一門大生意。但是，在今天，唉，還是臭的。咦？在米蘭看教堂時，怎麼會聞到和西湖邊相同的氣味？回頭一看，又是一群中國遊客。

老子有錢，你要做生意就得忍受！中國人說。是的，的確財大氣粗，買東西連信用卡也不用，一大疊一大疊的現鈔付之，但當今在各大都市旅行時，已聽到高級酒店不再接中國團體的旅客了，清理地氈上的普洱茶漬，費用不菲；更別說窗簾上，擦過皮鞋的污跡！

溫家寶用心良苦，說出這一番令人感動的話來激勵炎黃子孫，但是要培養出一批得到別人的尊重、佩服和敬仰的中國人來，至少也是數十年後的事吧。

習慣是難改的，到現在，日本政府還會發出小冊，教導鄉下佬遊客怎麼使用坐廁，要我們不打噎，不啅啅有聲吃東西，談何容易？

立法，懲教、罰款、坐監，有效嗎？多嚴厲的法律，也杜絕不了國內的盜版和食物做假，這是有沒有一心一意要實行的問題。有的話相信做得到。偷竊別人的知識產權，已不是文明、信義和禮貌，是犯罪。先別犯罪，再談高素質和文明吧。

二、吃飯・品酒・抽雪茄

吃半飽

好吃的東西寫得太多了，來點不好吃的吧。但當你肚子餓的時候，天下哪有不好吃的東西？

已到截稿日期，非寫不可，馬上跑進廚房，從冰箱中找出昨天叫北京烤鴨時吃剩的鴨殼，斬了件，整棵大白菜放入鍋中滾湯。再來六分肥四分瘦的碎肉，馬蹄切粒，加入天津冬菜，其他調味品無用，包了些餛飩，在鴨湯中煮熟了，吃一個大飽，就可以開始寫稿了。

鴨肉還是可口的，但雞肉已經被養殖得沒有味道，我最不喜歡吃雞肉了。其他肉類：豬、牛和羊，都有個性，只是雞沒有，最乏味了，尤其是白切雞，要吃的話，總得蘸濃稠的海南人醬油，不然用玫瑰露和糖，做個豉油雞，其他的，熬湯也嫌不夠甜，除非是放養田野的老母雞。

魚也是，野生的愈來愈少，盡是一大堆養殖的，菜市場中的黃魚，買回來一洗，竟然洗出黃水來，從前多到把黃浦江染得一片金黃的魚群，當今被吃得幾乎絕種，很難得地高價買到一尾野生的，回來加薑絲和醋滾個大湯黃魚，那才吃得過呀。

湖中的大閘蟹，正是合時，但已愈養愈無味，吃了用水一沖，手上一點味不留，從前三天也洗不去味道的日子，不復再了。一條街上每家每檔都賣大閘蟹，對我來説一點吸引力也沒有。大閘蟹，現在已被我列入難吃東西之中，不再去碰。

最恐怖的是那些大量養殖的蝦，冷凍到蝦身半透明，肚子餓時叫了一碟炒飯，看到飯裏的半透明蝦，一尾尾撿了出來，這種比發泡膠更乏味的東西，怎能下嚥？曾幾何時，那些肉有彈力，一嚼之下滿口甜味的鮮蝦，已經消失。

連豬肉也變成有了一股臭味，為甚麼？一問之下才知道，從前是在本地飼養，或者從附近地區運來的豬，已經改為從河南河北一卡車一卡車載來，途中各自的排洩物亂吞，又受驚慌而產生的異味，令到豬肉也吃不下去了。到超市去買歐洲的黑毛豬吧，西方人也因健康而把肥肉養得愈來愈瘦。豬不肥，哪裏好吃？免了，免了。

吃蔬菜吧，當今的芫荽已經基因變種，從前稱為香菜的，當今一股怪異的味道，是臭嗎？也不是，不香不臭，一點個性也沒有。懷念從前的鯇魚芫荽湯，把鯇魚切片，等水滾後放入，再下大量芫荽，煮出來的湯是碧綠的，那才叫芫荽湯呀。

連番茄也變種，樣子愈來愈好看，個頭愈來愈大，但一點番茄味也沒有，不如買瓶 Heinz 番茄醬，甚麼菜都亂淋一番吧。

真是搞不清楚為甚麼當今的兒童那麼愛吃麥當勞，因為有玩具送吧？那種流水作業的產品，只能填飽肚子，或者只是下大量的 Heinz 番茄醬才好吃吧？我一向愛新事物，愛嘗新口味，潮流是跟得上的，但因為有了麥當勞而造成代溝，那麼我與你是有代溝。

來片披薩吧，那是最不健康最難吃的東西，為甚麼當今變成世界流通的美食？有些人說當中下了芝士，能吃出香味，那為甚麼不乾脆吃芝士，而要附帶地吞下這些垃圾餅皮呢？

所有垃圾食物，一油炸就香了，所以產生了肯德基。要吃油炸的，為甚麼不吃天婦羅？日本的天婦羅概念，不叫炸，叫把東西由生變熟，天婦羅的食材，是可以生吃的才行，魚蝦都能當刺身的新鮮度下，才是天婦羅。

年輕人對油炸的東西總是抗拒不了，吃不起天婦羅，吃油條去吧，別把冷凍得無味的食材炸了就算，厚厚的漿，炸成厚厚的皮，要吃皮不如吃油條，至少鬆化。

好食材消失後，只有把原形轉化，因此，產生了所謂的分子料理，吃甚麼不像甚麼，靠樣子和顏色來欺騙你的味覺，騙人騙得多，自己也慚愧，所以發明分子料理的人不再做了，留給那些三流四流的廚子去繼續騙人。

還有一種料理，那就是畫碟子了，用各種顏色的醬料在一隻大碟上畫了又畫，這就是高級法國餐了，各種味道的食材一小樣一小樣地擺放，如果沒有一管小鉗子把這些小東西拑起來再放上去的話，就不會做菜了。這就是所謂的米芝蓮三星菜了，花了那麼多錢，不好吃也得說好吃，一直在騙人，一直在騙自己。

甚麼時候，我們可以返璞歸真呢？太遲了！海洋被污染，大地被化肥危害，想好好地吃一碗好米飯的機會也沒有了。五常米用了大量的殺蟲劑，種植出一排排、肥肥胖胖的大米，但是種這些米的農民自己也不敢吃，只吃那些雜亂無章種出來的米，他們偷偷笑，留着自己吃。

一切美味都消失後，但要活下去，還是要照吃的，人類變成痴肥，患癌症的例子愈來愈多。

這個世界，沒有希望了嗎？

只有愈吃愈少，一碗飯，幾片麵包，淋上最好的醬油，還是能飽腹的，呀！今天怎麼那麼消極？寫的盡是這些令人絕望的文字？都是因為剛才已經吃得飽飽的，人一飽，就消極了，今後只吃半飽吧！

吃些甚麼？

「吃些甚麼？」外地朋友一來到香港，這總是我的第一個問題。

「隨便。」這總是他們的答案。

「沒有一種菜叫隨便。」我說。

「你決定。」

「如果你住多幾天，那就由我決定。」我說：「但是你在香港的時間不多，每一餐都不能浪費。」

「甚麼都想吃，教我怎麼選擇？」

「那麼先分東方和西方好了。」

「怎麼分法？」

「東方的包括中國、日本、韓國、星馬、印尼，還有印度。」我解釋：「西方的有法國、意大利、西班牙。」

「為甚麼東方選擇那麼多，西方的只有三個國家，連德國菜也不入圍呢？」

「德國系統的菜，包括奧地利、瑞士和北歐諸國的人，頭腦比較四方，學理科多過文科，對於吃的幻想力不夠，燒不出好菜來。」我說。

「我們在外國，紐約的 Nobu，澳洲的 Tetsuya 都是全球最好，香港有沒有好的日本菜。」

「我認為 Nobu 和 Tetsuya 都不行。」我說：「只有在香港還吃得過。」

「為甚麼？」

「道理很簡單，口本菜最基本的還是靠食材。只有香港的地理環境和財力，才有資格天天空運來。那兩家用的都是當地食材，就算大師手藝有多好，還是次等。」

「好吧。」友人決定了：「吃中國菜。」

「中國菜也分廣東、上海、北京、四川、潮州、湖南、湖北……」

「好好，好了，別再數下去。」友人說：「在香港，應該吃廣東菜吧？」

「也不一定。」我說：「香港的杭州菜，做得比杭州更好，天香樓是首選。」

「有甚麼那麼特別？」

「單單說紹興酒，就很特別。」我說。

「紹興酒還不是大陸來的嗎？去大陸喝不是更好？」

「陳年的紹興，大半已經蒸發掉，要兑新酒才好喝。調酒的經驗很重要，大陸當然有陳紹和新酒，但就沒有天香樓調得好。」

友人的酒蟲差點從口中跑出來。

「還有呢？」

「還有東坡肉。」

「浙江各地都有呀！」

「藏書畫家劉作籌先生，在香港藝術館中有一個廳，陳列他捐出來的書畫，很有名。生前，和大陸的畫家都有來往，他問對東坡肉最有研究的程十髮，全國哪裏的最好吃？程十髮回答，在香港的天香樓。」

「那麼厲害？到底好吃在哪裏？」

「味覺這東西，不能靠文字可以形容，只能比較，你去吃吃看，就知道了。」

「如果我想吃西餐呢？選法國或意大利的好？」

「西餐廳有 Hugo's、Amigo 和 Gaddi's，但都已不是純法國菜，只可以說是歐洲菜，我建議你還是到 Da Dominico 去吃意大利菜。」

「那麼好嗎？」友人問。

「不是比在意大利吃得更好。」我說：「但最少是和在羅馬吃到的一樣。他們所有的材料都是由意大利運來，就算一尾蝦，外表不揚，頭還是黑色的，但是不同就不同，吃起來的確有地中海的海鮮味，不過東西很貴，你老遠來，價錢不是一個問題。」

「泰國菜呢？」友人問：「今天天氣很熱，沒甚麼胃口，想吃刺激一點的。做得和泰國一樣嗎？」

「做得比泰國好。」

「這話怎說？」友人問。

「舉一個例子。」我說：「像冬蔭功，在泰國吃到只是一般海蝦材料，香港人懂得甚麼叫豪華奢侈，用龍蝦做材料。」

「那麼吃海鮮吧！」友人決定：「香港的海鮮，一定天下最好。」

我說：「這句話二十年前不錯，但是現在的海鮮都不是本地魚，本地魚已經吃光了，由世界各地運來，老鼠斑已不是真正的老鼠斑，沒那股沉香的幽香味。連一尾鱸魚都是養的。從前的鱸魚，還沒拿到桌上已先聞到魚香，現在的只有一股石油味和泥味。不過話說回來，蒸魚的功夫，還是其他地方不能比的。」

「非洲菜呢？」友人問：「香港甚麼菜都做得好，連非洲菜也不錯吧？」

「非洲人是為了生存而吃，不是為了美食而吃。」我說：「食物是一種培養出來的文化，要有長遠的歷史，也要靠土地的肥沃，不是魔術可以變得出來的。」

你是你吃的東西造出來的

我一直相信，你是你吃的東西造出來的。

東方人較西方人矮小，完全是因為我們吃米，他們吃麵。所有用麵粉做的食物，都能令人類的個子高大，我雖然不是營養學家，沒有甚麼數據來做論點，但是我能提出推翻不了的實例。

舉個最簡單的，我們在大陸、香港和台灣的父母，一般身高都在五呎二三吋左右，但我們生的子女，如果從小送去美國唸書，他們都會長出近六呎的魁梧身材來，這是為甚麼？還不證明了和食物有關？

在美國，孩子每天吃麵包，加上喝有營養的牛奶和吃一大堆的漢堡包熱狗的垃圾食物，男人個個都長得像籃球健將，女的皆有做時裝模特兒的軀體。

當然也有例外的，因人體的基因，有些長得不高就不高，像某些美國人，如活地．亞倫一樣瘦小的也有，但屬於少數。

罪魁禍首應該是米飯，炊起來是那麼難的，要先洗米，生火，進鍋，煮後還不能即刻就吃，等待蒸氣把米粒焗個全熟。肚子餓時等米煮好，等個半天，飢餓的感覺就消失了，不會吃得多了。

另一方面，麵就不同。看中東人做，把麵粉加水搓成麵團，往掛爐的熱壁上一貼，一下子發脹，一塊薄餅就完成了，馬上吃將起來，怪不得他們的身體一個個都比東方人大。

中國的山東人也吃麵，所以山東人也比廣東人大，不止大，而且美。你看林青霞和鞏俐，不就是山東女神嗎？山東傳到高麗，所以韓國美女多過日本人。你去首爾，一個小時之內可以看到三個美女；你到東京，三個小時也看不到一個。他們的明星，像松坂慶子等，韓國人居多。

當今香港約有十萬個印尼家務助理，你星期天到她們集中的維多利亞公園看一看，她們個子都很矮小。

為甚麼？吃米的呀，窮呀。

營養不足，身體就矮小啦，這是理所當然的事。吃不夠飽的人，一代傳一代，就矮了。像寮國、柬埔寨等，人都很矮。菲律賓就不同了，菲律賓雖窮，但土地肥沃，吃沒有甚麼問題，所以從前聘用過的菲傭，比你當今用的印尼家務助理還要高大。

另一個更明顯的例子就是日本人，戰前的日本人，都矮，個個不到五呎。他們不止吃米飯，而且不會吃肉，以魚為生，更變本加厲地矮小。

戰後，他們在美國影響之下，開始吃麵包和牛奶，身體就逐漸高大起來。在小學裏，他們有配食制度，注重營養之外，還針對各種身體的缺陷。像他們發現學生們個個都近視，到底為甚麼？研究結果，在食物中加了奧米加3，近視就減少了。

反觀香港的學生，就沒有政府去糾正他們的食物，最後個個都是四眼仔，和日本的一比，不是更能證明你是你吃的東西造成的嗎？

除了食物，生活習慣也能改變人類的體形，從前的日本女子小腿都很粗大，稱之為大根足。大根就是蘿蔔，足為腿也。那是因為她們都跪在榻榻米上，把身體壓着腳，腳就粗了。當今她們已坐椅子，所以到了日本，你會發現她們的腿修長起來。

去越南旅行時，經過一間女子中學，鈴聲一響，一大群女學生擁了出來，我們在車裏一看，嘩，個個胸前偉大，平坦的佔極小部份，這又是為甚麼呢？

她們吃的也是米飯呀，也許是越南的米營養厲害吧，其他國家的稻穀一年一造或兩造，越南米一年可以長出四次的米來。做成河粉之後，加了牛肉，起了作用也說不定。或者是因為其他食物造成的，如果我們深加研究，那麼香港的女子吃了，也能挺胸做人吧！

南方女子因為遺傳基因，大多數是平胸的；再塗甚麼豐胸膏吃甚麼大波丸也沒有用，都是騙人的玩意兒，哪有這種便宜事呢？而且搽東西吃些藥就行，那麼藥房賺的錢比地產商多，諾貝爾也要給你獎金了，這的確是造福人群的事嘛。

運動也幫助不了，舉重、拋鏈球、擲鐵餅等，令到胸前肌肉更加結實，只會愈來愈平罷了；跳高、打籃球更只能把腿拉長而已。到最後，還是食物，吃麵的確有用，至少好過吃飯，如果是研究胸圍的話。

最近一家出版社的日本朋友來港，要為我出一本飲食書。訪問之中，我說到食物和軀體有關，他驚叫道：「我想起來了，我和女朋友去意大利時，有個鄉下婆看到她，說妳吃麵吧，一吃麵奶奶就大。這居然證實了你的理論，當今在日本女人多吃麵，少吃飯，所以出現了那麼多的巨乳ＡＶ女郎。」

家常菜

在我的電視節目中，介紹過不少餐廳，貴的也有，便宜的也有，但都美味。

「你試過那麼多，哪一間最好？」女主持問。

「最好，」我說：「當然是媽媽燒的。」

所以在最後一集的《蔡瀾品味》中，我將訪問四個家庭，讓主婦為我們做幾個家常菜，給不入廚的未婚女子做做參考，以這些資料，學習照顧她們的下一代。即使有家政助理，偶爾自己燒一燒，也會得到丈夫的讚許。

首先，我們會去上海友人的家，他媽媽將示範最基本、最傳統的上海小菜：烤麩。

烤麩看起來容易，其實大有學問。扮相極為重要，第一眼要是看到那些麩是刀切的，一定不及格。烤麩的麩，非手掰不可。

葱烤鯽魚也是媳婦的考牌菜，由怎麼選葱開始教起。如果鯽魚有春當然更好，但無子時也能做出佳餚。可以熱吃，也可以從冰箱拿出來，吃鯽魚汁凍，甚為美味。

友人的媽媽說有朋自遠方來，不可只吃這些小菜，要另外表演紅燒元蹄、蝦腦豆腐和甜品酒釀丸子，當然樂意。

福建家庭做的，當然有他們拿手好戲：包薄餅。可不能小看，至少得兩三天準備，把蔬菜炒了又炒。各種配料，當中不能缺少的是虎苔，那是一種味道極為鮮美的紫菜。

除了做法，還得教吃法。最古老的，是包薄餅時留下一個口，把蔬菜中的湯汁倒入。這一點，鮮為人知。吃完薄餅，在傳統上得配白粥。

從白粥接到潮州家庭的糜，和各類配糜的小菜。潮州人認為鹹酸菜和韓國人的金漬一樣重要，外面買固然方便，但自己動手，又怎麼做呢？教大家醃鹹酸菜和欖菜。

又買蝦毛回來，以鹽水煮熟，成為魚飯。做到興起，來一道蠔烙，此菜家家製法不同，友人母親做的是不下蛋的。我要求最愛吃的拜神肉，那是用一大塊五花腩切成大條，再用高湯煮熟，待冷後，切成薄片，拿去煎蒜蓉。煎得略焦，是無上的美味。友人媽媽更不罷休，最後教我們怎麼做豬腸灌糯米。

廣東人的家庭，最典型的菜是煲湯了。煲湯也不是把各種材料扔進大鍋那麼簡單，要有程序；又如何觀察火候，也是秘訣。煲給未來女婿喝，不可馬虎。

最家常的有蒸鯇魚和蒸鹹魚肉餅等等，最後炒個菜，看市場當天有甚麼最新鮮的就炒甚麼，越方便越快速為基本，都是在餐廳中吃不到的美味。

「除了媽媽做的菜，還有甚麼？」女主持又問。

「當然，是和朋友一齊吃的。」我回答。

很多人還以為我只會吃，不會煮，那就乘機表演一下。

在最後我們一個環節，我將請那群女主持按照我的家庭菜逐味去做。

天冷，芥蘭最肥，買新界種的粗大芥蘭切後備用。另一邊廂，用帶肉的排骨，請肉販斬件，汆水。燒鍋至紅，下豬油和整粒的大蒜瓣數十顆，把排骨爆香，隨即撈起放入鍋中，加水便煮。炆二十分鐘後下大芥蘭和一大湯匙的普寧豆醬，再炆十分鐘，一大鍋的蒜香炆排骨就能上場。

白焯牛肉。選上等牛肉，片成薄片。一大鍋水，待沸，下日本醬油。日本醬油滾後才不會變酸，又下大量南薑蓉，可在潮州雜貨店買到，南薑蓉和牛肉的配搭最佳。

湯一滾，就把牛肉扔進去，這時即刻把肉撈起。等湯再滾，下豆芽。第三次滾時，又把剛才焯好的牛肉放進去，即成。

生醃鹹蟹，這道菜我母親最拿手，把膏蟹養數日，待內臟清除，並洗個乾淨，切塊，放在鹽水、豉油和魚露中泡大蒜辣椒半天，即可吃。之前把糖花生條舂碎，撒上，再淋大量白米醋，加芫荽，味道不可抗拒。

豬油渣炒肉丁，加辣椒醬、柱侯醬，如果找到仁稔一齊炒，更妙。

鹹魚醬蒸豆腐。

番薯葉焯後，淋上豬油。

五花腩片，用台灣甜榨菜片加流浮山蝦醬和辣椒絲去蒸，不會失敗。

苦瓜炒苦瓜，用生切苦瓜和焯得半熟的苦瓜去炒豆豉。

開兩罐罐頭，梅林牌的扣肉和油燜筍炒在一起，簡單方便。

酒煮 Kinki 魚，一面煮一面吃，見熟就吃，不遜蒸魚。

瓜仔雞鍋，這是從台灣酒家學到的菜，買一罐醃製的脆瓜，和氽水的雞塊一齊煮，煮得越久越出味。

來一道西餐做法，把大鯉子，洋人稱為剃刀鯉，用牛油爆香蒜蓉，放鯉子進去大鍋中，注入半瓶白酒，上鍋蒸焗一會兒，離火用力搖勻，撒上西洋芫荽碎，即成。

又做三道湯，分餐前、吃到一半，以及最後喝：第一道簡單的用乾公魚仔和大蒜瓣煮個十分鐘，下大量空心菜。第二道燉乾貝和蘿蔔。第三道是魚蝦蟹加在一起滾大芥菜和豆腐，加肉片、生薑。

一共十五道家常菜，轉眼間完成，可當教材。

單身女郎的菜單

朋友之中，有很多單身女郎。她們學識高，遇不着——或抓不緊一個可以和她們談得來的男人，就乾脆不嫁。不聽父母的逼婚，也不怕周圍的朋友笑她們是剩女，反正自己過得快樂就是。

令她們最煩惱的，不是寂寞，因為她們有多方面的興趣，而是吃飯問題。

「反正是美女，很多男人請你們燭光晚餐。」時而有人這麼向她們說。

「沒有人敢追了。」她們嘆了一口氣，結果找到了我頭上：「你說，一個人，要做些甚麼吃的好？」

「買尾野生的黃腳鱲，請魚檔替你劏好洗乾淨，回家放在碟上，用兩枚湯匙墊底，鋪了葱絲薑絲，蒸個四五分鐘。等待的時候，另一鍋煮滾油和醬油，蒸好了淋在魚上面，就是一道很好的菜。」我回答。

她們的頭搖了又搖：「不行，不行，永遠學不會的。」

「煲一鍋白飯，買我做的鹹魚醬，舀一匙撈了，也可當一餐呀。」

「我家裏連電飯煲也沒有。」她們說。

「那就餓死吧。」我已懶得回答。

「別這麼刻薄了，教一教，從頭來，但是愈簡單愈好，求求你了。」

看她可憐，我說：「先到電器行去，買一個一個人用的小電飯煲，記得把說明書留下來，按上面指示的米和水的份量去做。」

「我在媽媽那邊做過，但一塌糊塗。」

「做飯不是高科技，一次失敗，再次失敗，第三四次一定學會，要有一點信心才行。」

「是，是。」對方拼命點頭：「然後呢？」

「然後就要看你自己喜歡吃甚麼了。」

「我愛吃竹筍。」

「買新鮮的，或洗好真空包裝的，切成丁後，和白米撈在一起，放進電飯煲，淋些醬油，就可以煲成一個竹筍飯。」

「照你這麼說，如果我放番薯、白果、栗子去煲也行了？」

「你真聰明，舉一反三。」

「沒有肉，會不會太寡？」

「買些豬肉，切絲放進去呀。」

「我不想沾手嘛。」

「那麼只要買一罐度小月之類的台灣肉臊罐頭，放幾匙羹就行。」

「好辦法，還有甚麼可以加的？」

「要更香，買一包炸好的紅蔥頭，香港人叫乾葱的，撒些下去。或者切新鮮的葱花、韮黃等，還有一種現成的：天津冬菜。」

「你說得對，還有豆豉、欖角和仁稔。」

「對，讓想像力飛。如果覺得沒有胃口，下蒜茸、下辣椒醬、下咖喱粉，就刺激一點。」

「海鮮呢？」

「也不難，超級市場有片好的魚，或者買冷凍的來解，切成丁後放進去就是。讓自己好好享受，買罐車輪牌鮑魚切丁也行，記得把鮑魚汁也倒進米去煲。」

「哇，一定好味道。我也愛吃貝殼類，怎麼做？」

「蜆的話，先放進水中，讓牠吐沙。」

「媽媽說放菜刀在水裏。」

「不太行得通，還是用一兩顆指天椒，拍碎後加在水中，馬上吐得乾乾淨淨。」

「蠔呢？」

「菜市場中，有一籮籮剝好殼的賣，洗了放進去，但是你一個人，可以豪華一點，買幾隻法國銅蠔享受享受吧。」

「照你那麼說，乾貨也行？」

「最方便了，蝦米、江瑤柱、香菇，可以用的食材多得不得了。先用熱水沖一沖，再放入碗裏，冷水浸一個晚上，煲飯時連水也放進去，有味飯不一定用白開水煲，有時用雞湯更妙。」

「那麼火腿、臘腸、臘肉、煙肉也可以照樣做了。」

「最好不過，但要記得切丁，原塊原條放在飯上蒸的話，你的電飯煲火力不夠。」

「還有甚麼花樣？」

「東方食材用過後，加西方食材呀。西班牙火腿不錯，奢侈一點，用鵝肝醬，不然買罐黑松露或白松露醬加幾匙下去，滴點最好的橄欖油，或者意大利陳年老醋。」

「唔，豪華，豪華。」

「最基本的，還是要最好的白米，你一個人吃不了多少，再貴也買得起。選五常米、日本米或蓬萊米，不要貪便宜買普通的。早上上班之前做好，按一下電飯煲的掣，晚上就有一煲精美的飯等你回家。」

「有時，我真懷念上海人吃的菜飯。」

「你甭想了。」

「為甚麼？」

「沒有豬油，做不成上海菜飯。」

「我去買呀。」

「誰賣給你？要自己炸才行，你一鍋飯還沒有學做好，還説甚麼炸豬油？」

女的生氣了：「炸豬油罷了，有甚麼難？」

「根據友人鄭宇暉提供的傳統方法：先選出油率最高的豬背部的二層肥肉，洗淨切塊，在滾水中灼一灼，加水入鍋，大火煮至水乾，油方溢出。不加水的話豬油會發黃。油出一半時加入切丁的五花肉，炸出來的豬油渣才好吃。油出盡時再加生葱段，熄火，葱不再冒泡時把豬油濾淨倒入容器中，加一匙白糖，即成。」

對方搖頭擺腦：「算了，算了，不吃菜飯。」

彩虹餸

「你是不是真的會燒菜？」到現在還是有人這麼問我。烹調不是甚麼高科技，只要一點點的好奇心，就學會。是的，我懂得煮幾味。燒得好不好？是問題。

有一次看到黃永玉先生在香港的畫室，屋中有個半開放式的廚房，灶頭火又很猛，就下手。黃先生一家、黎智英兄一家和蘇美璐都試過我的手藝，問他們就知道。

被人家請客時，最怕主人家躲在廚房拼命燒，我們做客的吃得不安樂。基於此，我做菜時，和大家聊聊天，喝喝酒，走進去一會兒就捧出一味新餸來。男人做菜，有三個條件，那就是快、狠、準。

當然事前要準備許多功夫。像湯，可要花時間的。用一個雙層的搪瓷鐵煲，底鍋盛水，待滾，就可以把上面的鍋裝進去，這種煲做出來的湯是燉的，很清，一點也不濁。鍋中放瑤柱、蘿蔔和豬腱。燉個兩小時，上桌的湯一定又清又甜，不可能失敗。

如果客人殺到你家，沒時間準備的話，那就要做急就章的皮蛋芫荽湯了。從電器熱水壺注滿小鍋，開猛火。這邊廂將鯇魚切成薄片，皮蛋一個，水一起泡，把材料放下去滾，最後下大量芫荽，即成。這時湯呈綠色，又甜又香，不必下味精。此湯又能解酒，最適合劉伶。

用豬肉做材料，有時間的話，先選一塊上斜腩，這是由豬的第一節排骨算起，第六七八節骨外的肉最好吃，是外國人用來做貝根的部份，拿來紅燒，放生抽和一點點冰糖，也是很容易成功的一道菜。要燒多久？那要看你的爐的火力而定，一聞到香味，再燒半小時，錯不了。

沒有把握用肉青好了，這塊豬面上連着頸項的肉，炒得老一點或不夠火，都好吃。我幾十年前已大力提倡，當今大行其道，大家叫它豬頸肉，不如肉青的好聽。

單單用蒜茸來蒸肉青，或者炒豆豉，都很可口。要不，將欖仁、紅辣椒、薯米、肉青切粒，加點麵醬，一塊混着來炒丁丁，很快就完成一道好餸。

至於牛肉，要先到肉檔訂一塊肥牛，找不到的話去凍肉店買好了，當然不及新鮮的。灼肥牛這道菜可很迅速的完成，但有幾個秘訣一定要遵守：一、切牛肉必須將紋理切斷，否則多好的肉都會韌；二、即灼即撈，把水滾了，加醬油和南薑粉，放入牛肉，不必等再滾，即刻撈起備用。這時將芫荽和豆芽準備好，湯又滾時下鍋，再滾，菜已熟，這時再將牛肉放進去，熄火，即能上桌。秘訣三：用萬字醬油，其他的滾後變酸。

客人忽然來多幾個，材料準備不足時，可用罐頭充數。罐頭都有罐頭味，除了中國「梅林」牌的紅燒扣肉和油燜筍。倒進鍋子一塊炒，炒至汁剩下一點點就能上桌，再也簡單不過。

不然，把冰箱中的凍雞在微波爐中叮一叮，斬件，開一罐「光」字牌的瓜仔，倒進鍋中和雞一齊慢慢煮，愈煮愈有味道。這是台灣名菜之一，叫瓜仔雞鍋，從前在酒家中喝老酒時學到的。

吃到這個階段，已飽飽，非刺激一下不可。把紅蔥頭，廣東人叫為乾蔥的去衣後切成薄片，同樣炮製青瓜、洋蔥和指天椒，加糖、鹽，用手撈勻，上桌前擠青檸汁進去，這時甜酸苦辣錯綜，有如人生，一定讓胃口起變化。

下來可蒸魚，用鹹酸菜煮鯧魚，上面再鋪幾絲肥豬肉和冬菇，淋上點酒，蒸一蒸，即成。

拿尾活魚，劏開肚，洗淨，把鹹魚切片塞進去蒸，這道菜有個花名，叫「生死戀」。

每個人家裏的煮爐和器具都不同，魚大小也不一，蒸魚最考功夫，第一次失敗，第二次失敗，第三次總會成功。技巧靠經驗和實踐，別無他途。

如果第一次就想有點成績，那我勸你別蒸魚，煮魚好了，用個鍋，放日本清酒和水，每種一半，加點醬油和薑絲。滾了，把魚放進去，剛剛夠熟就可以拿來吃。煮魚和蒸魚不同，前者可以用眼睛看看，只要魚本身是活的，蒸或煮，都很鮮甜。

我在一本叫《飲食男女》的雜誌上有一頁示範燒菜的地盤，太傳統或家常的菜大家會做，總要想些古靈精怪的，但絕不容易，有時想爆了頭也不知弄些甚麼。

和友人聊天，會有靈感，金庸先生說他父親常燒的歡喜蛋，用雞蛋、鹹蛋和皮蛋。將蛋焓熟，切開兩邊，一邊釀入獅子頭式的碎肉，灑上醬油和紹興酒紅燒，果然製成一味失傳的菜。

再想不出時，往菜市場一走，看到新鮮上市的材料，就知道要燒些甚麼，但也選些較為冷門的來介紹。像芥蘭的頭，有柚子般大，將它切絲來炒，比普通芥蘭好吃得多。

走過牛肉檔時，看到牛的大腿骨被棄一旁，請肉販將兩端鋸開，成為一個小咖啡杯狀，灑上鹽，放進烤爐三分鐘，拿出來用小湯匙吃它的骨髓。拍照片的記者嘖嘖稱奇，其實這種做法在法國南部的普羅旺斯很普遍，抄襲罷了。

做菜最好天馬行空：牛骨髓是白色的，再用豆腐和蛋白來蒸，最後把白韮菜切碎鋪在上面，四種東西完全是白色。記者問菜名，我說叫白餸可也。

如果用冬菇、髮菜等做出來的，可叫黑餸；黃餸有雞蛋、菊花；紅餸有番茄、辣椒；綠餸的有菠菜、荷蘭豆等。加了起來，有七種顏色的話，就可以炮製出一道彩虹餸了。

海南雞飯的研究

正如星洲無星洲炒米一樣，海南並沒有海南雞飯。

我去了海南島，到處找，找不到，又問過一位在海南島住上五年的長輩，他也不曉得，問海南島的本地人，他們說：「有呀！」

給我吃的，不是印象中的海南雞飯。

那麼海南雞飯到底是誰發明的呢？

追溯起來，應該是歸功於新加坡「瑞記」餐廳的老闆莫履瑞這個人。這麼說，也許有許多海南人不同意，但這篇文章不過是抛磚引玉，如果有更正確的資料，請寄下。

莫履瑞在二三十年代從海南島過番來到新加坡，以賣雞飯為生，他和一般小販擔了一枝扁擔不同，是很有力氣地兩隻手，提着兩個竹籠：一個裝雞，一個裝飯。飯是以飯球形式做的，扭得窩窩實實，圓圓胖胖。

莫履瑞這個做法，也許是看過海南島的親朋戚友做過，所以說海南雞飯出自海南也沒錯，只是在海南島失傳而已。

當今東南亞各地都出現海南雞飯，國際酒店的咖啡室或房間服務中，海南雞飯更和雲吞湯、印尼炒飯、叻沙等被列入「亞洲特色」的菜牌中。

但是，所謂的海南雞飯，只不過是普通的白斬雞和白飯，完全不是那麼一回兒事，真正的海南雞飯，做法繁複。

用大量的大蒜連皮和生薑在油中爆了一爆，再將一把蔥捲起來，還有馬來人叫為「巴蘭」的香葉，一齊塞進雞的肚子之中。雞外皮抹鹽。

煮一大鍋水，一滾，加一匙鹽，再滾，再加，憑經驗看應該有多鹹。把雞放入湯中，燙個五分鐘，撈起，過冷水河。水再滾，再燙。三次或四次，看雞的大小，不能死守陳規。

最後把雞掛起來風乾。

燙過雞的水上面有一層雞油，拿來放進鍋中爆香乾蔥頭，再把米放進去炒它一炒，炒過的米放進另一個鍋中炊，炊飯的水也是用剛才燙雞的湯，用一半。一半留着，加高麗菜和冬菜，成為配湯。

還有一說，是把生米放進一個漏斗形的鐵鍋中，下面滾水蒸之，見過莫履瑞做的老朋友們這麼流傳出來。

炊完的飯肥胖，一顆顆獨立，包着一層雞油，發出光彩，一見此飯，方能稱上正宗。偶而在飯中吃到爆得略焦的乾蔥粒，更香。

吃時淋上醬油，單單是白飯，不吃雞肉，已是天下美味，無處覓。

說到醬油，一定要用海南人特製的又濃又黑、帶着焦糖味道的。如果看到餐廳供應的醬油是普通的生抽或老抽，那麼不用試，也知道一定不好吃。

醬油架上還有少不了的一罐辣椒醬和一罐薑茸，用吃完的花生醬玻璃瓶盛着，瓶的外表有一個個凹凸的格子，形狀有如一個裝紅酒的木桶。

辣椒醬各家製法均不同，有濃有稀，有些很辣，有些微辣，其中加醋、薑茸則不可不用雞油拌之，沒看到雞油的薑茸，也不正宗。

用這三種醬料來點雞肉。雞一叫就是半隻或一隻，斬件上桌，碟底鋪有黃瓜片，有時覺得黃瓜比肉好吃。

雞肉是甚麼狀況之下最完美的呢？絕對不能全熟。全熟就像吃鞋底，要骨頭周圍的肉略微桃色，雞的骨髓還是帶着血的，才算合格。

雞不能太肥，也不可太瘦，數十年前的「瑞記」，已學會品質控制，在馬來西亞的昔加末地區有一農場，專養走地雞，到時候就運來新加坡劏之。

懂得吃海南雞飯的人，最享受是那層皮，當今流行所謂的山芭雞，都太瘦。雞皮不肥不好吃，皮和肉之間有一層啫喱狀的膠汁，最上乘了。當時不知道甚麼叫膽固醇，也沒有污染，吃雞的皮，吸骨中的髓，大樂也。

嫌肉吃不夠，可多叫一碟雞雜，裹面有雞心、雞肝和雞腎、雞腸等，蘸着醬油吃，也是極品。

吃雞，噬出骨頭方有滋味，我對目前的去骨雞飯很不以為然。「文華」酒店的收入，很大部份靠賣它的雞飯，也是去骨的，遊客不懂得這個道理，現代人又怕吃得太肥，以為「文華」是最出名最好吃，也不必和他們爭辯。

目前尚存古味的店舖，還有海南二街Purvis Road的「逸群」咖啡室，另外有「七層樓」餐廳，在新加坡其他的，肚子餓時，也許還吃得下吧。

香港海南雞飯也是流行，但學其樣，不學其精神，連醬料也不像樣，別說雞肉和飯了，大剌剌、擺出海南雞飯的名堂，甚不知恥。

至於老店「瑞記」，老闆莫履瑞和友人黃科梅先生，以及跑娛樂版的記者黃哥空及家父蔡文玄交情甚篤。莫先生當年已懂得廣告之力量，有科梅先生撰文讚之，又有哥空先生常帶一群歌星光顧，再在家父所編雜誌《南國》長期登廣告，結果生意滔滔，「瑞記」成為遊客非去不可的景點。

可惜據說公子乘摩托車撞死，莫先生無心做下去。「瑞記」目前丟空在密駝路，但至今尚未拆除，路經此地常去憑弔，欷歔一番。

一桌齋菜

最近有緣認識了一群佛家師父，帶他們到各齋舖吃過，滿意的甚少，有機會的話，想親自下廚，做一桌素食孝敬孝敬。

「你懂得吃罷了，會做嗎？」友人懷疑。

我一向認為欣賞食物，會吃不會做，只能了解一半。真正懂得吃的人，一定要體驗廚師的辛勤和心機，才能領略到吃的真髓。

「是的，我會燒菜，做得不好而已。」我說。

「你寫食評的專欄名叫《未能食素》，這證明你對齋菜沒有研究，普通菜式你也許會做幾手，燒起齋來，你應付得了？」友人又問。

《未能食素》是題來表現我的六根不清淨，慾念太多罷了，並不代表我只對葷菜有興趣。不過老實說，自己吃的話，素菜和葷菜給我選擇，還是後者，貪心嘛，想多一點花樣。

齋就齋吧！我要做的並非全部自己想出來的，多數是以前吃過，留下深刻印象，當今將之重溫而已。

第一道小菜在「功德林」嚐過，現在該店已不做的「炸粟米鬚」。向小販討些他們丟掉的粟米鬚，用猛火一炸，加芝麻和白糖而成。就那麼簡單，粟米鬚炸後變黑，看不出也吃不出是甚麼東西，但很新奇可口。將它演變，加入北京菜的炸雙冬做法，用冬筍和珍珠花菜及核桃炸得乾乾脆脆，上面再舖上粟米鬚，這道菜相信可以騙得過人。

接着是冷盤，用又圓又大的草菇。灼熟，上下左右不要，切成長方片；再把新界芥蘭的梗也灼熟，同樣切為長方，鋪在碎冰上面，吃時點着帶甜的壺底醬油，刺身吃法，這道齋菜至少很特別。

做多一道涼菜，買大量的羊角豆，洋人稱之為「淑女的手指」。剝開皮，只取其種籽。另外熬一大鍋草菇汁來煨它，讓羊角豆種籽吸飽，攤凍了上桌，用小匙一羹一羹細嚼，羊角豆種籽在嘴中咬破，波的一聲流出甜汁，沒嚐過的人會感稀奇吧。

接着是湯了，單用一種食材：蘿蔔。把蘿蔔切成大塊，清水燉之，燉至稀爛不見為止。將蘿蔔刨成細絲，再燉過。這次不能燉太久，保持原形，留一點咀嚼的口感，上桌時在面上撒夜香花。

事先熬一鍋牛肝菌當上湯，就可以用來炆和炒其他材料了。買一個大白菜，只取其心，用上湯熬至軟熟，用意大利小型的苦白菜做底，生剁之，舖成一個蓮花狀，再把炆好的白菜裝進去，上面刨一些龐馬山芝士碎上桌。芝士茹素者是允許的，買最好的水牛芝士，切片，就那麼煎，煎至發焦，也是一道又簡單又好吃的菜。

油也可起變化，棄無味之粟米油，用首搾橄欖油、葡萄核油、向日葵油或醃製過黑松菌的油來炒蔬菜，更有一番滋味。

以食材取勝，用又甜又脆的芥蘭頭、帶苦又香的日本菜花，甚有咬頭的全木耳，吸汁吸味的荷葉梗等等清炒，靠油的味道取勝。

苦瓜炒苦瓜，是將一半已經灼熟、一半完全生的苦瓜一齊炒豆豉，食感完全不同。

把豆腐渣用油爆香，本來已是一道完美的菜，再加鮮奶炒。學大良師傅的手法炮製，將豆腐渣滲在牛奶裏面炒，變化更大。

這時舌頭已覺寡，做道刺激性的菜佐之。學習北京的芥末墩做法，把津白用上湯灼熟，只取其頭部，拌以醬料。第一堆用黃色的英國芥末，第二堆用綠色的日本山葵，第三堆是韓國的辣椒醬，混好醬後擺回原形，三個白菜頭有三種顏色，悅目可口。

輪到燉了，自製又香又濃的豆漿。做豆漿沒有甚麼秘訣，水兑得少，豆下得多，就是那麼簡單。在做好的濃豆漿中加上新鮮的腐皮，燉至凝固，中間再放幾粒綠色的銀杏點綴一下，淋四川麻辣醬。

已經可以上米飯了，用松子來炒飯太普通，不如把意大利粉煮得八成熟，買一罐磨碎的黑松菌罐頭，舀幾匙進去油拌，下點海鹽，即成。再下去是意大利白松菌長成的季節，買幾粒的削成薄片鋪在上面，最豪華奢侈。

最後是甜品。

潮州鍋燒芋頭非用豬油不香，芋頭雖然是素，但已違反了原則，真正齋菜連酒也不可以加，莫說動物油了。

只能花心機，把大菜糕溶解後，放在一鍋熱水上備用，這樣才不會凝固。雲南有種可以吃的茉莉花，非常漂亮，用滾水灼一灼，攤凍備用。

這時，用一個尖玻璃杯，把加入桂花糖的大菜糕倒一點在杯底，摘朝上，花朵朝下，先放進一朵花，等大菜糕凝固，在第二層放進三朵，以此類推，最後一層是數十朵花，把杯子倒轉放入碟中上桌，美得捨不得吃。

上述幾道菜，有甚麼名堂？我想不出。最好甚麼名都不要。我最怕太過花巧的菜名，有的運用七字詩去形容，更糟透了。最恐怖的還是甚麼齋乳豬、燒鵝、叉燒、鹵肉之類的名稱。心中吃肉，還算甚麼齋呢？

烈酒

英文的Spirit，含意甚多，有精神、靈魂、幽靈、鬼、勇氣、個性、脾氣、銳氣、活力、真意、要旨、影響和風氣。用於宗教，更有聖靈之意，但是我們這些喜歡喝酒的人，認為最恰當的，是烈酒的稱呼。要有酒精含量四十巴仙以上的，才有資格稱為烈酒。

中國人最愛喝烈酒，一杯杯乾。其他地方的人就不喜歡麼？舉韓國人為例吧，他們愛的是量，啤酒和土炮馬格力，大杯大碗不停地喝，但請他們喝一兩杯白蘭地威士忌，一下子醉倒。

但是研究起來，中國人喝烈酒的歷史並不悠久，在南宋之前，還沒有發明蒸餾法，所以昔時英雄及詩人的驚人酒量，其實嚇不死人，最高不過是紹興酒之類的級數罷了。

中國的烈酒，通稱為白酒或白乾，製法的資料，在網上找遍，發現的並不多，但是要找茅台酒的價錢，就會跳出很多條來。

當今已貴得不像話了，付了錢還不要緊，喝到的盡是些假貨，就是冤大頭了。我一向喝不慣，也不喜歡所謂的白酒，除了到了北京，買一小瓶的二鍋頭來送菜，的確配合得天衣無縫。二鍋頭貨賤，所以沒人造假，還是喝得過。

至於茅台，數十年前喝過一瓶真正老的，白色的瓷樽氧化為淺藍，倒出後掛杯，一口乾了，極為柔順，一點也不嗆喉，但勁道十足，才明白為甚麼年邁的周恩來也可以乾完一杯又一杯。但此酒難尋，當今若有也要幾十萬一瓶，喝過了，也就算了。

一般的白酒，不管甚麼牌子都好，都有一股強烈的味道，喜歡的人說是醬香，聞不慣的感到一陣惡臭。它的揮發性強，瓶子又不密封，貯藏起來一股酒味。有人說：「從前的茅台，也不過是幾十塊港幣一瓶，早知道放他十打八打，現在拿出來賣，就發達了。」

就算給我撈一大筆，但在幾十年一直被同樣的酒味熏着，也不是好玩的事。而且，製作成本極低的白酒，當今的售價，全是被炒出來的，我們喝的已經不是酒的價值，而是它的價錢。

我不愛喝白酒，另一個原因，是如果喝多了，那股酒味會留在身上，三天不散，自己的已不能忍受，何況要聞別人的？

為甚麼我們那麼愛喝酒？微醉後的那種飄飄然，語到喃喃時的那種感覺，不識酒的人是永遠不會了解的。世界上那麼多人喝酒，酒的好處，早已得到了證實，不由別人的反對阻止得了。

追求這種快感，酒就愈喝愈烈了，而能喝烈酒，完全是因為年輕，身體接受得了。凡是酒徒，都會經過這一個階段。

在中國，從前沒有其他選擇，白酒就成為唯一烈酒，我們生活在香港，幸福得多，開始接觸到的就是白蘭地和威士忌了。前者在七、八十年代，更是無此君不歡，大家吃飯，席上一定是擺着一瓶；後來，口味逐漸改變，又追求健康，喝起紅白餐酒來。白蘭地失去它的光輝，但餐酒始終沒有烈酒的滿足感，當今，單一麥芽威士忌成為我們的寵兒。

要改掉國內酒徒喝白酒的習慣並不容易，但生活質素提高之後，相信也會轉移到外國烈酒去，威士忌正在慢慢流行。喝白蘭地的也不少，但多數是因為它的價錢。

最接近白酒的應該是伏特加，但我認為意大利的果樂葩 Grappa，更喝得過。它起初是用葡萄的皮、核和梗釀成的劣酒，當今受世界酒徒欣賞，質量愈提愈高，甚至選最好的葡萄，先去掉其肉，只選其皮做出來。帶着一份輕微的幽香，酒質醇得不得了，順喉不減其烈性。喝醉了，酒精揮發，身上不存異味，如果多加宣傳推廣，這個酒在大陸市場將有無限的前途。

並非想話當年勇，只是記錄一個美好時段，年輕時在前南斯拉夫喝的 Slivovitz，用李子做的，蒸餾了又蒸餾，成為帶甜的烈酒，喝時用小玻璃樽裝着，以一公尺計算，排在酒吧櫃枱上，十多瓶，一瓶瓶喝，喝到醉倒為止，是我最喜歡的烈酒之一。

從前尖東富豪酒店地庫，開了家 Hollywood East 的的士高，流行一種叫 Tequila Pops，是把大量的龍舌蘭酒倒入杯中，再加蘇打水，喝時用紙杯墊蓋住杯口，大力一拍，蘇打激發氣體，令酒精更快發揮作用，幾杯下肚，不醉無歸，也好玩。

喝烈酒摻啤酒，覺得不夠痛快，還是先乾幾杯，然後在罐裝啤酒底部開一個洞，把罐頂的匙一拉，整罐沖入喉中，重複幾次，非醉不可。

總之喝烈酒，要自灌才是正途，相比中國的「來，乾一杯！」那種命令式的，有趣得多。我最討厭別人強迫我喝酒，說甚麼不喝就沒朋友做，這種朋友，不要也罷。

這種瘋狂的喝烈酒年代，不知甚麼叫優雅，當今，烈酒照喝，進入欣賞階段，所謂的欣賞，是每一口，都要喝出它的滋味來，一喝到不知酒味，便得把杯子放下，其實，你的身體，也會告訴你放下的。

但我還是愛喝烈酒多過紅白餐酒，最懷念的是與倪匡兄在三藩市喝的，一人一瓶 Extra 軒尼斯，吹着喇叭，一下子喝得精光，過癮過癮。

日本威士忌

當我喝日本威士忌的時候，常被取笑：「日本威士忌帶點甜，是不是下了味之素？」

「是嗎？」蘇格蘭人也說：「日本產威士忌嗎？」

是的，日本老早已產威士忌了，他們是一個愛喝威士忌的民族，因為日本除了燒酎之外，高酒精度的不多，酒徒們對清酒 Sake 不滿足的時候，只轉向威士忌，不像中國人那麼喜歡喝白蘭地。有一個叫竹鶴孝政的，在一九一八年去蘇格蘭學習釀造威士忌，又娶了一個蘇格蘭太太回來，在北海道建立 Nikka 的「余市」威士忌廠。

在六十年代，我們當學生時，喝的是便宜的威士忌，那時候喝 Suntory Red，容量有正常的 750ml 的雙倍，故叫 Double，只賣幾十塊錢港幣，大家都喝得起。

酒吧當然不賣 Double，那就得喝高級一點的，用個四方透明玻璃瓶的威士忌，也是 Suntory 廠製造，日本人很親熱地叫它的小名「角瓶」（Kakubin）。好喝嗎？比 Double 貴，感覺上已經美味得多了。

至於在酒吧中賣的最高級牌子，叫 Suntory Old，是個全黑色的圓形瓶子，像顆歐洲革命黨常用的土炸彈，能喝到 Old，日本發音是 Orudo，是部長級的人物，到了銀座酒吧的高貴客人，至少得來一瓶。

不喝蘇格蘭威士忌嗎？當然也喝，一聽到就大叫：「洋酒（Yoshu）！」好像所有進口的都是最珍貴似的，有一瓶尊尼走路紅牌的，就是不得了。當年如果能喝到同廠的黑牌，那你就是社長級。

說來說去，當年的威士忌，是代表了所有的「混合威士忌」（Blended Whisky），沒有人知道單麥威士忌是甚麼東西，Double 也是，角瓶也是，尊尼走路也是，全是。

喝單麥威士忌，是這三四十年間的事。至今，還有很多人沒有把這個名字搞清楚。再重複一次，單 Single，並非指一種麥，而是「一家酒廠」的意思（混合威士忌可以很多家廠買來溝出自己的味道）。而 Malt 是指用麥芽發酵提煉，其他穀物做的都不行。

麥芽釀製，又蒸餾出來的威士忌，是透明的，是無味的，要浸在橡木桶之中，陳年之後才有色彩和味道，這是最簡單的道理。

日本人喝威士忌，最愛加冰和溝梳打水，叫 High Ball，當今年輕人都沒聽過，那是混合威士忌的喝法，單麥威士忌是不加水的，但偶爾加幾滴去「打開」味蕾；有時也只加一小塊冰，老酒鬼還是喝純的。

二十年前我帶團去北海道，參觀了「余市」酒廠，他們是單麥威士忌的始祖，在酒瓶上用漢字寫着「單一蒸餾的麥芽」幾個字，好給日本人辨認，當時賣的一瓶也不過是百多兩百塊港幣罷了。

我向客人推薦「余市」時，都被人嗤之以鼻。當今一九八八年的已賣到兩萬港幣一瓶了。日本人從零開始，精益求精地把威士忌帶到國際舞台當中，能成為獨一無二的個性，是他們開始用自己的橡木造桶，再以北海道的雪水清泉釀製而成。

Nikka 除了北海道「余市」之外，還有在仙台的宮城峽酒廠所產的「宮城峽」也頗受酒徒注意。它的歷史並不算長久，建於一九六九年，竹鶴孝政找遍了全國，認為這地方的水質最適合釀製單麥威士忌，加上當地的濕氣很重，也是造成獨特味道的重要一環。這一家與「余市」完全不同，一切用最高科技來生產，不經人手，產品水準穩定，十三年的宮城峽最好，十二年的喝得過。

日本最大的釀酒廠是Suntory，雖然啤酒是公司的命脈，但從他們的「角瓶」、「Old」的威士忌開始，經歷多年的演變和進步，最後在二〇〇三年，國際烈酒博覽會中的「山崎十二年」（Yamazaki 12）贏得國際大獎，日本單麥威士忌才令人對它刮目相看。

「山崎」已是公司的旗艦，接着是同廠的「響」（Hibiki）更獲得無數大獎，日本威士忌的基礎打得很好，最初都用些雪梨木桶來熟睡，不偷工減料。當今的山崎十八年最美味，十年的也已經不錯，另外同公司的「白州」更是多人愛好。「白州」的一隻「Heavily Peated」，喜歡泥煤味威士忌的人不能錯過。

「輕井澤」已停止釀造，變成神話了，限量版「命之水」的輕井澤是七萬八千港幣一瓶，這時再去追求已經太遲，如果你想現在入貨的話，建議你去買「秩父」（Chichibu），它也是Ichiro酒廠生產的，Ichiro以賣日本燒酎起家，是九州酒廠，早年只注重賣他們最賣得的燒酎，沒去宣傳他們最好的單麥威士忌，現在再用「秩父」來迎頭趕上。

這家廠的商品有「Ichiro's Malt & Grain」、「Ichiro's Malt」、「Chichibu

Newborn Barrel」和主要的「Ichiro's Malt Chichibu The First」都是收藏的好對象。

在二〇一五年香港拍賣的單一麥芽威士忌最高價是四十五年前的輕井澤，每瓶九萬六千港幣。為甚麼一早不買呢?這和一早不買房地產一樣，粵人說有早知，右乞兒(早知道的話就沒乞丐了)，乘你現在還喝得起「響」十七年（¥8,934）、「竹鶴」二十一年（¥7,979），喝一個飽吧。

血腥瑪麗

最近被邀請到澳門新開的「瑞吉 St. Regis 酒店」試住。凡是嘉賓下榻之前先來個儀式，門口有經理及酒店高層相迎，拿出一瓶香檳用刀削開，喝過了再走進酒吧，試飲他們的代表作——「血腥瑪麗 Bloody Mary」雞尾酒。

也有傳說是在巴黎的哈利酒吧發明的，因為紐約瑞吉的酒保 Fernand Petiot 也在那裏做過，那是一九二一年的事。遠過紐約瑞吉開業的一九三四年。

另有人說是在巴黎麗池酒店的海明威酒吧首創，更有人認為是諧星 George Jessel 在 21 Club 發明。

最後，還是瑞吉的 Fernand Petiot 出來澄清：「是我開始了瑞吉的血腥瑪麗，Jessel 說是他的創作，但是他調出來的只不過是伏特加和番茄汁。我做的是在調酒器中撒了四小撮鹽、兩撮黑胡椒、一層 Worcestershire 汁。最後加檸檬汁和碎冰，才倒進兩盎司伏特加、兩盎司很濃的番茄汁，搖勻後倒進杯中。我們一天在酒吧和餐廳裏至少要調配一百五十杯這種雞尾酒。」

好了，我也被説服了，血腥瑪麗，是屬於瑞吉酒店的。

有了這杯招牌酒，瑞吉讓每一家分店都有權自己調配出他們獨特的味道，但不能離開伏特加和番茄汁的主題，澳門這家，先由一塊舖板做起，托盤上有石板街的模樣，一看就知是澳門特色。然後，根據葡萄牙人經商之路，從每一個碼頭採取一種香料和食材，像肉桂、黑胡椒、紅辣椒粉、Piripiri汁、黑醋和醬油等調配。上桌時，在托盤上擺着幾片葡萄牙香腸、一整支小瓶的伏特加、一小瓶Tabasco辣椒醬，依客人喜好加減，最後在杯邊沾了海鹽，杯中也插着西芹梗、櫻桃番茄和檸檬片，當然加上大量的番茄汁，名叫「Maria Do Leste東方的瑪麗」。

好不好喝由你自己批評，好玩是一定的，我很喜歡。

在我旅途之中，留下印象的瑞吉血腥瑪麗已經多得有點混亂，記得翡冷翠的那家違反規則，不用伏特加，而採取了意大利烈酒果樂葩Grappa，酒名叫Bloody Brunello，是因為用了托斯卡尼地區最有名的Brunello de Montalcino廠釀的果樂葩調配。怕酒太烈，添了一點Acacia蜜糖，也放棄了西芹梗，改插一撮迷迭香。

到了大阪，非加點日本元素不可，瑞吉的血腥瑪麗叫「將軍瑪麗Shogun

Mary」，名字有點格格不入，「山葵 Wasabi」是非加不可的，另有柚汁。日本的柚子 Yuzu 很小，和我們的龐然大物不同，有獨特的香味，西洋廚子一發現了它，驚為天物，甚麼菜都派上用場。上桌前把酒杯邊緣壓在山葵粉和海鹽上面，如果是櫻花季節，還插上一小枝櫻花裝飾。

最複雜的血腥瑪麗應該在土耳其伊斯坦堡瑞吉找到。首先，用的是一個喝土耳其土炮 Raki 的專用杯，在一個大銀碗中裝了一個玻璃杯，銀碗有道很深的槽，裝進水，結了冰，這一來才可以一直保持冰冷。那裏的調酒師在伏特加和番茄汁之外，更加上 Raki 烈酒，這是一種帶茴香味的酒，另外還有具土耳其特色的醃蘿蔔汁，這是將白蘿蔔、紅菜頭和紅蘿蔔切片，然後用麵包包着，再蓋上一層布，最後放進陶甕，在甕中儲藏十五天，讓蘿蔔發酵，醃出一種味道極強的醬汁來，把它加入雞尾酒中，最後用乾冰，倒熱水，讓它冒出煙來，取名「雲霧中的瑪麗 Misty Mary」。

有一家瑞吉的血腥瑪麗要當心，那是曼谷的，它的「暹羅瑪麗 Siam Mary」中加了一隻指天椒，咬破了像一顆深水炸彈，若不能吃辣，絕對不能碰，切記切記。

談回瑪麗這個名字，到底指的是哪一個瑪麗？有人說是從好萊塢電影明星瑪麗・璧克馥 Mary Pickford 得來，但她是觀眾的夢中情人，又沒有主演過恐怖片，與血腥無關，這個傳説應該沒有根據。

是哪個瑪麗都好，先確實血腥，這雞尾酒用了大量的番茄汁，血的印象極深。單單血腥這個字，是當不上雞尾酒名，最好加一個人物上去，而都鐸王朝的皇后瑪麗一世，用血腥手段鎮壓新教徒，血腥瑪麗的出處應該是她無疑。

至於是誰第一個把這雞尾酒介紹給香港人？作家海明威稱是他，在一封寫給友人的信中提到這點，不管是不是他帶來，海明威經常光顧巴黎的哈利酒吧，對他記載的血腥瑪麗配方倒有點興趣：

「拿一個大的調酒筒，再把冰塊填滿它（這可以防止冰塊太快溶化，令酒變得水汪汪），加上大量的伏特加酒，和同量的番茄汁，但記得番茄汁要冰凍過，加一大茶匙 Worcestershire 汁，用 Lea & Perrins 牌子好了，如果找不到用ＡＩ牌也行，再找不到就用一般吃牛扒時用的喼汁，調勻，再擠檸檬汁進去，最後加一點西芹鹽、紅辣椒粉和黑胡椒，再不停地調拌。試一試味，如果感覺太強烈，加番茄汁調稀，如果感覺沒有個性，那麼一直加伏特加就行。」

我相信他的做法，有酒徒格調。

不過有機會的話，還是去紐約的瑞吉酒店去喝吧，那裏不但正宗，而且周圍的氣氛是別的地方找不到的，在這家叫「老京高 Old King Cole」的酒吧中，有一幅打橫的巨大壁畫，是 Maxfield Parrish 的作品，他曾經為《一千零一夜》的英文翻譯本畫插圖，手法用文藝復興方式，畫得很精細，但在寫實之中，他的風景和人物都帶着如痴如醉的夢幻感覺，我非常之喜歡。

波爾多之旅

從碧綠歌出發，到波爾多去，需三小時車程。

波爾多是一個沿河的城市，比我們想像中的小鎮大得多，應該是繼巴黎、馬賽、里昂之後第四大的吧。

市中心一排排的高樓，也許是古時候的組屋，連續數里，蔚為壯觀。我們通稱這個區的紅酒為 Bordeaux，其實已不種葡萄，是離開波爾多不遠的 Medoc、Pauillac、Margaux 和 Saint Julien 組成的產品。

但是經營全靠波爾多城中的發行公司，全世界的買賣都在這裏進行。踏入古老的公寓區，有一個小門，也沒有甚麼招牌，就是天下藏酒最多商行了。

這家叫 Maison Jean Descaves 的公司並非人人走得進去，只跟和交往數十年的重要客戶做批發生意，零售更是免談了。

我們能受歡迎，是因為友人一口氣買了四百箱名牌紅酒，但也不是花了錢接觸得到，要有慕札醫生的推薦才行。而慕札醫生年輕時救過一個酒商的命，所謂酒商，像是律師樓的師爺，是發行公司的中間人，經過了他，才轉手到一般賣酒的商店。

重重的關係之下，負責人 France Chauvin 帶我們參觀她的公司。辦公室在樓上，不大，職員也不多，用電腦聯繫全球，但一走入地下層的酒庫，就儼如一個波音機艙，擺的都是年份最好的佳釀。一箱箱疊起，買重保險，輸送到世界各國去。

除了普通裝的點七五公升之外，還有許多大型瓶子的酒。Chauvin 小姐說：「酒質最佳的最多是裝到兩瓶的 Magnum 或四瓶的 Double Magnum，再大的因瓶口的關係，酒的呼吸不周，只可以當陳列品了。」

她還帶我們參觀了另一個大倉庫，裏面藏有數之不盡，被譽為天下最貴的 Chateau latour，平均一瓶數萬港幣，笑着說：「我們不靠銀行，這就是我們的銀行。」

接着她帶我們到 Chateau Margaux，負責人拿了幾種不同年份的酒給我們試。

「〇三年是個奇怪的年份。」他解釋：「天氣太熱，有的葡萄種類受不了，酒質並不好，但是赤霞珠 Cabenet Sauvigon 倒是愈熱愈好。我們把這一年份的酒叫為穿上皮褸的魔鬼，要懂得產區才選到好的。我們的酒，都是配的。」

「為甚麼不單純用一種赤霞珠呢？」

「好酒像燒菜，一種葡萄是一塊肉。」他深入淺出地說：「其他葡萄像胡椒、像鹽、像醋，配了才好吃。」

Chateau Margaux 的外面有一望無際的葡萄園，這地區在春末夏初的陽光已經是從早上五點開始，一直照到晚上八點多還是光亮。天上一片雲也沒有，空中的蔚藍，藍得出奇，藍得有點帶紫，是其他國家看不到的。造物者對法國人特別寵愛，也注定了他們要釀酒給我們喝的命運。

經過了 Chateau Laffits-Rothchild 酒莊，這家人給英國買去。法國人和英國人的百年戰爭仇恨猶存，把它貶得一文不值，當今售價遠不如 Latour 了。

到達我們最喜愛的酒莊 Chateau Pichon-Longueville Comtesse de Calande，名字太長，簡稱為「碧松」吧。

看到門外掛着一面洋紫荊香港旗，心中嘀咕：「萬一遇到了 A1 也來參觀，那就掃興了。」

碧松主人May Eliane De Leucqusaiug外遊，由她的姪子Gildas D'ollon前來相迎。

「旗是為你們掛的。」他笑着說：「我有一個問題請教，香港人來是應掛香港旗呢？還是掛中國旗？」

「香港官來，掛中國旗。」我們也笑着回答：「香港平民來，掛香港旗。」

此君聽了大樂，帶我們到酒莊看製造過程後就在古堡中請吃中飯。通常這些地方都給人一個幽魂出現的感覺，但這一座像是人住的，乾乾淨淨，典雅中帶着現代化的舒適。多位身穿制服的女傭穿梭，這年代，在歐洲要養一個，已經不易，這裏有好幾名，看得出主人肯花錢懂得享受。

「我們也生產第二線的酒。」他說：「雖然說第二線，也得過很多國際獎。」

但他一開就是兩三瓶八二年的一線酒，香醇無比。上了一大碟的蘆筍，目前當造，只有鄉下才有得吃，還沒運到巴黎去賣，是我們在這次旅行時百食不厭的。

侍女們奉上肉類主食時，又開了七六年的碧松，喝個不亦樂乎。

酒醉飯飽，走出來，上車，一轉角就到了Chateau Latour，原來只在隔壁。

公關經理年紀輕輕，是個漂亮的女子，親切地招呼。到了試酒室，拿出幾瓶二〇〇〇年和二〇〇三年的給我們品嚐。

喝了一小口，走到吐酒缸前，把口一擠，嗖的一聲，酒變為一條直線噴出。這些年來的試酒經驗，已把我們訓練得和配酒師一樣，吐酒功夫純熟。

公關小姐睜大了眼睛，奇怪地說：「來過這裏試酒的客人，都是把酒喝進肚子裏的呀！」

我們喝白蘭地的日子

在七、八十年代，我們一坐下來吃飯，一瓶白蘭地往桌子中間一擺，氣焰萬千，大家感到自己是綠林好漢，都要醉個三十六萬場。

有條件的多數喝軒尼詩X.O.或者馬爹利藍帶，下來的是拿破侖等，就算是旺角的消夜，也有一瓶長頸FOV，此酒在早期甚被珍惜，後來才淪為次級。

六、七個人一桌，一瓶白蘭地只能令飲者略有醉意，大多數要喝上兩、三瓶才能稱上過癮兩個字。

香港成為全世界喝白蘭地最多的地方，以人口比率來算。製造商一面大樂，一面看到我們溝冰滲水，大為搖頭。

忽然，我們不喝白蘭地了。不止白蘭地，連其他烈酒也少，雖說紅白餐酒流行起來，但看身邊的人，已經全部滴酒不沾了。香港人一聽到豬油就怕，喝酒也是同一道理，大家怕死，怕得要命。那天送倪匡兄回家，大家談起喝白蘭地這回事，都大搖其頭，說：「香港人，豪氣失去了。」

從前，上倪匡家坐，手上一定有枝白蘭地當禮物，其實自己也要分來喝，喝着喝着，一瓶就乾完，他要到書房再拿一樽半瓶裝的藍帶出來，才算夠喉。

很奇怪地，倪匡兄認為藍帶白蘭地，半瓶裝比一瓶的好喝得多，我不會品嚐，也沒做過比較，只是相信他的話罷了。

做《今夜不設防》那個節目時，有馬爹利 X.O. 和 Otaro X.O. 兩家人贊助，打對手的產品在桌子上同時出現，代理商也不在乎，這也許是喝酒喝出豪氣來。

倪匡兄和黃霑見到有馬爹利，要喝先喝它，我覺得對 Otaro 不起，一個人喝。代理商看到了這小動作，送了兩箱給我，二十四瓶，我只拿了四瓶，其他的給他們兩人分去。

節目一錄兩個小時，剪成四十分鐘出街。第一個鐘是用來做熱身，和貴賓們一起喝白蘭地，到了有點醉意的第二小時才開始用，前面的都剪掉。

三人之中，倪匡兄酒量最好，黃霑最差。兩小時之中，倪匡兄一人要喝一瓶多一點，我半瓶左右，黃霑幾杯就要開始脫衣服，他醉了有這個毛病。

倪匡兄與我兩人之間，一直保持着這份量。一次從墨西哥飛三藩市探望倪匡兄，他拿出兩瓶珍藏的馬爹利 Extra，我租了一輛由女司機駕的大型長車，打開天窗，露出頭來，各自吹喇叭，這是我自己乾掉一瓶的記錄。

母親的酒量要比我們都好，她兩天喝一瓶白蘭地，只喜軒尼詩 X.O.，一買就是幾箱，永不一瓶瓶購入那麼寒酸，老爸把母親喝過的瓶塞收集起來，用水泥堆成一堵牆。

在日本那段日子，我喝的盡是威士忌，因為日本人沒有喝白蘭地的習慣，很難買到。回到香港，見大家吃飯都是一瓶瓶的白蘭地，我向自己說：「要是有一天我也愛上白蘭地，那就可以真真正正成為一個香港人。」

果然，白蘭地成為我生命中不可分割的一分子，家中白蘭地從來沒有斷過貨，也和母親一樣，愛上軒尼詩，現在每一次返家探母，都從櫃中拿出一瓶當手信，我已不像從前那麼狂飲，剩下不少。

倪匡兄也說自己喝酒的配額已經用光，但好酒的配額還在。的確，他的酒量是減少了，人家送他的佳釀，一瓶瓶擺在櫃子上，看看而已。

我們都懷念喝白蘭地的日子，紅酒雖佳，但倪匡兄總覺得酸溜溜地，要喝很多才有酒意，不像白蘭地，灌它幾口，即刻飄飄然。

很想看到白蘭地恢復從前的光輝，收回市場的失地。威士忌固佳，但也不能被它淹沒。

好酒，到了某個程度，都是淨飲的。白蘭地和威士忌一樣。一大口灌下，一道熱氣直逼腸胃；慢慢喝，感覺則像一段段的噴泉，也有同樣的感受。

只有這種烈酒，扳開瓶塞，香味四溢。紅酒只能把鼻子探進玻璃杯才聞到氣息。白蘭地和紅酒，一剛一柔，截然不同，不可比較。

外國人在飯後才喝，用手暖杯，一小口一小口呷。我們的性情比他們豪放，飯前、飯中、飯後，甚至於空肚子，都能喝，就算加冰加水，也是一種喝法，不能像外國人那麼墨守成規，不必為之側目。

當今酒量淺了，要不就喝得少，要不就加冰和蘇打，像威士忌一樣喝，自己沒覺得有甚麼不妥就是了，反正不是由別人請客，想怎麼喝就怎麼喝。

深信身體之中有一個煞車的功能，如果不能再接受酒精，喝下去不舒服，便甭喝了。身體還能享受時，多多少少都要喝一點，朋友們都說不如改喝紅酒，我總是搖頭。

陪伴我數十年的白蘭地，已是老友，紅酒則是情婦，遇到標青的，偶一來之，兩者之分，止於此。

腦中出現一個畫面，在幽室之中，斜陽射入，桌上擺着一瓶白蘭地，倪匡兄與我，舉着圓杯，互相一笑，一口乾之。

白蘭地萬歲。

關於清酒的二三事

日本清酒，羅馬字作 Sake，歐美人不會發音，唸為「沙基」，其實那 Ke 讀成閩南語的「雞」，國語就沒有相當的字眼，只有學會日本五十音，才唸得出 Sake 來。

釀法並沒想像中那麼複雜，大抵上和做中國米酒一樣，先磨米、洗淨、浸水、瀝乾、蒸熟後加麴餅和水，發酵，過濾後便成清酒。

日本古法是用很大的鍋煮飯，又以人一般高的木桶裝之，釀酒者要站上樓梯，以木棍攪勻酒餅才能發酵，幾十個人一塊釀製，看起來工程似乎十分浩大。

當今的都以鋼桶代替了木桶，一切機械化，用的工人也少，到新派酒廠去參觀，已沒甚麼看頭。

除了大量製造的名牌像「澤之鶴」、「菊正宗」等之外，一般的日本釀造廠，都規模很小，有的簡直是家庭工業，每個省都有數十家，所以搞出那麼多不同牌子的清酒來，連專家們看得都頭暈了。

數十年前，當我們是學生時，喝的清酒只分特級、一級和二級，價錢十分便宜，所以絕對不會去買那種小瓶的，一買就是一大瓶，日本人叫為一升瓶 Ishobin，有一點四公升。

經濟起飛後，日本人見法國紅酒賣得那麼貴，看得眼紅，有如心頭大恨，就做起「吟釀」酒來。

甚麼叫吟釀？不過是把一粒的米磨完又磨，磨得剩下一顆心，才拿去煮熟、發酵和釀製出來的酒。有些日本人認為米的表皮有雜質，磨得越多雜質越少，因為米的外層含的蛋白質和維他命會影響酒的味道。

日本人叫磨掉米的比率為「精米度」，精米度為六十的，等於磨掉了四十巴仙的米，而清酒的級數，取決於精米度：本釀造只磨得三成，純米酒也只磨得三成，而特別本釀造、特別純米酒和吟釀，就要磨掉四成。到最高級的大吟釀，就磨掉一半，所以要賣出天價來。

這麼一磨，甚麼米味都沒了，日本人說會像紅酒一樣，喝出果子味 Fruitiness 來。真是見他的大頭鬼，喝米酒就要有米味，果子味是洋人的東西，日本清酒的精神完全變了質。

還是懷念我從前喝的，像廣島做的「醉心」，的確能醉入心，非常美味，就算他們出的二級酒，也比大吟釀好喝得多。別小看二級酒，日本的酒稅是根據級數抽的，很有自信心的酒藏，就算做了特級，也自己申報給政府說是二級，把酒錢降低，讓酒徒們喝得高興。

讓人看得眼花繚亂的牌子，哪一隻最好呢？日本酒沒有法國的 Latour 或 Romanee-Conti 等貴酒，只有靠大吟釀來賣錢，而且一般的大吟釀，並不好喝。問日本清酒專家，也得不出一個答案，像擔擔麵一樣，各家有各家做法，清酒也是。哪種酒最好，全憑口味，自己家鄉釀，喝慣了，就說最好，我們喝來，不過如此。

略為公正的評法，是米的質量越高，釀出來的酒越佳。產米著名的是新瀉縣，他們的酒當然不錯，新瀉簡稱為越，有「越之寒梅」、「越乃光」等，都喝得過，另有「八海山」和「三千櫻」，亦佳。

但是新瀉釀的酒，味淡，不如鄰縣山形那麼醇厚和味重。我對山形縣情有獨鍾，曾多次介紹並帶團遊玩，當今那部《禮儀師之奏鳴曲》大賣，電影的背景就是山形縣，觀光客更多了。

去了山形縣，別忘記喝他們的「十四代」。問其他人最好的清酒，總沒有一個明確的答案，以我知道的日本清酒二三事，我認為「十四代」是最好的。

在一般的山形縣餐廳也買不到，它被譽為「幻之酒」，難覓。只有在高級食府，日人叫做「料亭」，從前有藝妓招呼客人的地方才能找到，或者出名的麵店（日本人到麵店主要是喝酒，志不在麵），像山形的觀光勝地庄內米倉中的麵店亦有得出售，但要買到一整瓶也不易，只有一杯杯，三分之一水杯的份量，叫為「一下 One Shot」，一下就要賣到二千至三千円，港幣百多兩百了。

聽說比「十四代」更好的，叫「出羽櫻」，更是難得，要我下次去山形，再比較一下。我認為最好的，都是比較出來的結果，好喝到哪裏去，不易以文字形容。

清酒多數以瓷瓶裝之，日人稱之為「德利 Tokuri」。叫時侍者也許會問：一合？二合？一合有 180ml，四合一共 720ml，是一瓶酒的四分之一，故日本的瓶裝比一般洋酒的 750ml 少了一點。現在的德利並不美，古董的漂亮之極，黑澤明的電影就有詳盡的歷史考證，拍的武俠片雅俗共賞，能細嚼之，趣味無窮。

另外，清酒分甘口和辛口，前者較甜，後者澀。日人有句老話，說時機不好，像當今的金融海嘯時，要喝甘口酒，當年經濟起飛，大家都喝辛口。

和清酒相反的，叫濁酒，兩者的味道是一樣的，只是濁酒在過濾時留下多少渣滓，色就混了。

清酒的酒精含量，最多是十八度，但並非有十八個巴仙是酒精，兩度為一個巴仙酒精，有九巴仙，已易醉人。

至於清酒燙熱了，更容易醉，這是胡說八道，喝多了就醉，喝少了不醉，道理就是那麼簡單。

原則上是冬天燙熱，日人叫為 Atsukan；夏日喝凍，稱之 Reishyu 或 Hiyazake。最好的清酒，應該在室溫中喝。Nurukan 是溫溫的酒，不燙也不冷的酒，請記得這個 Nurukan，很管用，向侍者那麼一叫，連壽司師傅也甘拜下風，知道你是懂得喝日本清酒之人，對你肅然起敬了。

布根地之旅

喝烈酒的人，到了最後，一定喝單麥芽威士忌 Single Malt Whisky，天下酒鬼都一樣。

而喝紅白餐酒，到了最後，一定以法國的布根地 Burgundy 為首，天下老饕都一樣。

年輕時，甚麼餐酒都喝進肚；人生到了某個階段，就要有選擇，而有條件選擇的人，再也不會把喝酒的配額浪費在法國以外的酒了。

當然，我們知道，美國那巴區產的酒也有好的，還有幾隻賣成天價呢，但為數還是少得可憐。澳洲也有突出的，像 Penfold 的 The Grange 和 Henschke 的特級酒，都喝得過，意大利和西班牙各有極少的佳釀。與這些酒一比，智利的、紐西蘭的、南非的，都喝不下去了。

到了法國，就知道那是一個最接近天堂的國家，再也沒有一個地方有那麼蔚藍的天空，山明水秀，農產品豐富。釀酒，更是老大哥了。

諸多的產區之中，只有波爾多和布根地可以匹敵。巴黎在法國北部，我們這次乘午夜機，經時差，抵達時是清晨七點，交通不阻塞，坐車子南下，只要四個小時就到了布根地了。

主要都市叫波恩 Beaune，我們當它是根據地，到布根地四周的酒莊去試酒。對食物，我還有一點點的認識，但說到餐酒，還真是一個門外漢。有鑑於此，我請了一個叫史蒂芬·士標羅 Steven Spurrier 的英國紳士做我們的嚮導。士標羅是最先創造教人家喝酒的專家，在國際上頗享聲譽。年紀應該七十多了，但一點也不覺老，只是不苟言笑，像個大學教授，說起話來口吃的毛病很深，由莊嚴的形象變成滑稽，較為親民。

許多酒莊主人都是士標羅的朋友，他帶我們喝的，都是當地最好的酒，我們也不惜工本支持他，由年份較輕的喝起，漸入佳境。吃的也是米芝蓮的星級餐廳，米芝蓮海外版信用不高，但在法國，是靠得住的。

布根地酒和波爾多的，最大分別是前者只用兩種葡萄。白酒用的是 Chardonnay，而紅酒用 Pinot Noir。後者則是以多種不同的葡萄品種釀成獨特的味道，他們的解釋是：一種葡萄是麵包，做為打底；其他種類當成菜餚，加起來才是一頓佳宴。

真正的布根地整個產區，也不過是一百七十五公里，和波爾多一比是小巫見大巫，它夾在 Chablis 和 Beaujolais 之間，前者的白酒還喝得過去，後者每年十一月的第三個星期生產的新布血麗紅酒，不被法國人看重，有些人還當成騙外國酒客的笑話呢。

這回我們剛好碰上新布血麗出爐。有些沒運到香港的牌子，還真喝得過。

一般人認為布根地的白酒最好喝，但是它的紅酒才最珍貴，像 Romanee-Conti，不但是天價，而且不一枝枝賣，要配搭其他次等的酒才能出售。

為甚麼那麼貴？Romanee-Conti 區一年只出七千五百箱酒，天下酒客都來搶，怎能不貴？

布根地的法律也很嚴格，多少呎地種多少棵葡萄，都有規定。這個地方的石灰石土地和陽光，種出來的葡萄是獨一無二的。雖說只用一種葡萄釀製，但下的酵母多少，每年氣候如何，都有不同的品質，一個酒莊釀出來的酒沒有一種強烈的個性，不像波爾多的名酒莊，一喝就很容易喝得出來。

專家們都説 Romanee-Conti 的一九九〇、一九九六和一九九九都是過譽了，不值那個錢，其他名廠的釀酒法也跟着進步，不遜 Romanee-Conti 的了。

但專家説是專家事，眾人一看到這家人的牌子就説好，到底，懂得酒的價錢的人居多，知道酒的價值的人，還是少之又少。

白酒之中，Le Montrachet 稱為第二，沒人敢稱第一了。這家酒莊只有八公頃。波爾多人一定取笑，説這麼小的地方釀那麼少的酒，賺甚麼錢呢？但越少就越多人追求，我們在那個地區試的白酒，像 Batard-Montrachet 和 Chevalier-Montrachet 都很不錯，價錢便宜得許多。

Chardonnay 葡萄種釀的白酒，也不一定酸性很重，布根地的 Theuenet 酒廠就依照 Sauternes 的做法，把熟得發霉的葡萄乾釀成的甜酒並不遜色，因為不受注意，價錢也被低估了。

走遍了法國的釀酒區後，發現一個事實，那就是紅白餐酒是一種生活習慣，吃西餐的大塊肉，需紅酒的酸性來消化；吃不是很新鮮的魚，需白酒的香味來掩遮，從小培養出來的舌頭感覺，並非每一個東方人都能領會的。

而且，要知道甚麼是最好，需要不斷地比較，當餐酒被指為天價時，只有少數付得起的人能夠喝出高低。餐酒的學問，到底是要用盡一生，才有真正辨別出好壞的能力。

一知半解的，學別人說可以喝出雲呢拿味呀、朱古力味呀、核桃味呀，那又如何？為甚麼不乾脆去吃朱古力和核桃？有的專家還說有臭襪味，簡直是倒胃。

餐酒的好壞，在於個人的喜惡，別跟着人家的屁股，喝到喜歡的，記住牌子，趁年輕，有能力的話多藏幾箱。

也不是越老越好的，布根地的紅酒雖說三十年後喝會更好，但白酒在五年後喝狀態已佳，紅酒等個十年也已不錯。應該說，買個幾箱，三五年後開一兩枝，嚐到每個階段的成熟，好過二三十年後開，發現酒已變壞，這話最為中肯了。

威士忌吾愛

肥彭有兩隻狗，家裏的叫「威士忌」，失蹤的名「梳打」，可見得他也是個愛喝威梳的人，令我想起寫一篇關於威士忌的東西。

喝威士忌的人在香港是少數民族，輸給壓倒性的白蘭地，嗜者好成群結黨，一聽到對方也有同好，即刻稱兄道弟地拍肩膀，很容易交上個朋友。這種感覺，是開朗的，是活潑的，是舒服的。

別以為只有男人喜歡喝威士忌，認識不少女中豪傑，都對威士忌有特別的鍾愛，和他們聊起威士忌的樂趣，知識可能比你還豐富，所以我們應該對威士忌有多一點的知識，參考資料是一本叫《Bluff Your Way In Whisky》（用威士忌騙人）的書，可惜並沒有中文譯本。

香港人從前只懂得喝「尊尼・走路Johnny Walker」，在貧苦的六十年代，有支紅牌，已算不錯。跟着生活的改善，大家流行喝黑牌。目前連黑牌，勢利的人也不屑一喝，所以該廠出了「最老 Oldest」牌，還是扭轉不了局面。其實，當年的紅牌，喝起來味道比任何高價品都好。

打跛走路威的是「芝華士 Chivas」，在黑牌賣得很貴的時候，芝華士十二年出現，又便宜又好喝。物有所值，香港人都轉喝它，現在在超級市場中可以隨手購入，成為最受歡迎的威士忌。追求美好的香港人又嫌十二年不足，要喝同廠製造二十一年的「皇家敬禮 Royal Salute」了。「皇」牌由個瓷瓶裝住，着實好看，分藍、紅、綠三種。腌尖的人，還只認定去喝其中一個顏色的貨品。

荒唐的是連「皇家敬禮」也覺不夠好，要買更上一層的芝華士 The Royal Salute's Directors Celebration Reserve，應該給閻羅王抓去拔舌頭。

對付這種人的最佳辦法是請他們喝裝入貴瓶的便宜威士忌，看他們喝不喝得出。

回到平凡的威士忌，通常我喜歡溝梳打喝，有的人只愛摻水，各有所好。但是好好的威士忌為甚麼要加水和梳打呢？威士忌和淨飲的白蘭地不同，要「開」了才好喝，水和梳打，都有把威士忌中的香味打開的功能。

不喜歡摻水和梳打的，喝 Malt 威士忌好了。香港人已經進入喝 Malt 威士忌的地步，最易上手的是 Glenfiddich 的三角形樽牌子。

Malt 威士忌又分 Vatted Malt 和 Single Malt，前者是摻了兩種以上的牌子的酒，後者獨沽一家。

令人破產的是的 Single-Cask Malt。

Single Malt 由一家廠製造，但是摻了同廠的許多不同的酒，別以為瓶子上寫的十二年就是十二年，它只是有些十二年，有些十二天的溝出來罷了。

Single-Cask Malt 絕對不摻，由一家廠、一個蒸餾器、一個年份製造出來。牌子很多，你自己去選，但是認定是 Single-Cask Malt 就是了。

喝 Malt 威士忌的人常常說：「世界上只有兩種東西最好是裸體的，其中一種是威士忌。」

單單是喝貴威士忌，人就會變得庸俗，便宜威士忌好喝的很多，在甚麼場合，甚麼菜式，就喝甚麼威士忌好了。泰國出產的「湄公」牌便宜酒，配泰國菜一流。吃日本料理的時侯可喝他們的 Suntory，這酒味道帶甜，我們常開玩笑說它加了「味之素」。英國人更尖酸，他們說：「如果你早上也喝日本威士忌，晚上也喝日本威士忌，那麼最後你會覺得日本威士忌有點像蘇格蘭威士忌。不過，到那個時候，你已經死了。」

美國人不讓英格蘭人霸佔威士忌，他們自己製造了「波奔 Bourbon」威士忌。波奔這個名字的來源是出自一個肯塔基州的商人 Aristophanes Q. Bourbon。奇怪的是，這個叫波奔的人自己並不喜歡喝威士忌，他是一個出名的巧克力廠的老闆，只愛吃巧克力和餅乾。

這是英國人笑美國威士忌的話題，但是波奔的確有它獨特的味道，在製作過程用很多榆木炭來過濾，有一股強烈的炭味，喝了也會上癮，最普通的是「積克·丹紐爾」，但老饕們多愛喝「野火雞 Wild Turkey」，野火雞有一百一十度，每兩度是一巴仙酒精，含酒精量五十五個巴仙。

談威士忌，有幾個名詞要記得：Pot-Still 是其中之一，所謂 Pot-Still 就是那個銅製的威士忌蒸餾器，樣子有點像個洋蔥，更像一管巨大的煙斗。

Cask 是用來裝威士忌的木桶，一切威士忌至少要放在木桶裏三年才能成熟。威士忌一入瓶就不會成長。所以有人拿一瓶酒，說在家裏已經放了二十年，也一點用處都沒有，在木桶裏長成的威士忌有兩個巴仙的酒被蒸發掉，這兩個巴仙叫 Angel's Share，給天使喝掉了。

世界上的威士忌，至少有數萬種，但是沒有兩種是相同的，所以威士忌像女人，不斷地發掘，一生也追求不到那麼多。可憐的是，天下有九十九巴仙的人喝不出它的分別。

啤酒樂

幾位朋友心血來潮，想在香港開間啤酒酒吧，互相比較喝啤酒的經驗，越談越興奮。

我們先確定啤酒的歷史。

早在五千年前，巴比倫時代遺留下來的楔形文字，已經對啤酒的釀製有詳細的記載。

近年在埃及金字塔附近發掘出築塔工人的遺物，除了做麵包之外，便是做啤酒的器皿了。

人類學會造麵包，便跟着釀啤酒，道理很簡單，雨水把吃剩的麵包浸濕，麵包發酵後釀出酒精，就此而已。

啤酒主要的原料和麵包一樣是麥，韓國人最乾脆，到現在還是叫啤酒為「麥酒」。生啤酒就是把釀好的啤酒就這麼拿來喝，不快點喝掉便會變壞，把啤酒入瓶，經過高溫加熱來殺菌，可保存很久，這就是我們常喝的所謂熟啤酒，Lager和Pilsner了。

香港目前最流行的Lager，當然是「生力啤」，近來出品了Dry啤，所謂的Dry，並不是直譯的「乾」或「澀」的意思。主要還是酒精含量較強吧了。

一般啤酒酒精含量是四個巴仙，強的有六個巴仙，還有八個巴仙以上的，喝起來真過癮。但是回頭一想，喝一瓶八巴仙的啤酒，和喝兩瓶普通的，效果一樣，也沒甚麼了不起。

只喝「生力」和受歡迎的「喜力」、「嘉士伯」、「青島」、「藍妹」等，不免覺得太過單調，啤酒和女人一樣，種類越多，樂趣更是無窮。

吃日本菜時喝日本啤酒，牌子不少。老酒客的勸喻是叫「麒麟」，它多年來保持同一個水準，日本水質不錯，又肯深究外國技術，他們的啤酒喝得過的，問題出在和其他國家比較，還是淡。雖然他們出了各式各種的Dry，但總覺得只是拼命在啤中加酒精，不自然。

辣得飛起的泰國菜，最好配他們的「星哈」，它酒精度高，泰國人又喜歡把啤酒凍得瓶中有碎冰塊為止，熱得全身是汗時倒進胃裏，滋的一聲，像冒出煙來。

英國菜最不好吃，但是他們是天下第一愛啤酒人。種類之多，不勝枚舉。英國人整天泡在Pub裏，釀啤酒的智慧自然高了。除了「健力士」很難推薦哪一個牌子是英國最好的啤酒，大製作商巨量生產，味道總不像無名廠家那麼有特色。在英國喝啤酒，最好找一些有私釀啤酒的Pub，可以先買一本叫《Good Beer Guide》的書，裏面介紹全國五千家最突出的Pub，包君找到滿意的酒肆。

德國人雖然喝得比英國人多，但是只是量的問題，不像英國人仔細欣賞。德國人要拼命灌才算喝啤酒，這也有它的樂趣。喝啤酒，豪爽是主要的條件。

除了名牌的「喜力」、「DAB」等等之外，德國有種叫「Jever」的，味道極為錯綜複雜，有點像蜜糖般的甜味，但又有四十四種不同的苦澀，用各類hop花毯，我們稱為香蛇蔴花的，配以最好的大麥釀成。此酒在香港還不常見，到歐洲時請你一定要試試。

能夠在太古廣場西武的「酒藏」買得到的是比利時Trappist僧侶釀製的啤酒「Chimay」。Trappist是天主教Cistercian修會的一派，僧侶生活嚴肅簡樸，又喜歡做長時間的沉思。好傢伙，這一沉思思出天下美啤之一。近年來，他們又沉思，沉思如何做生意，把「Chimay」大力推薦到外國經銷，我們才有福氣在這裏喝到。

「Chimay」啤包裝得高貴，每一瓶還帶一個自己的開瓶器，要賣到幾十塊一小瓶，但物有所值。

另一種 Trappist 僧侶做的牌子叫「Orval」，在一間有九百年歷史的僧院中生產，它用五種不同的麥芽釀製，加冰糖、德國香蛇蔴花，變成一種濃郁橙色的啤酒，有很強的獨特個性。

如果找不到「Orval」的話，你就腳到澳洲，買他們的「Coopers Brewery Sparkling Ale」，味道很接近。到澳洲不妨試他們的「殘廢」牌黑啤酒 Invalid，很甜，很可口。當然比「貓嘜波打」容易喝得多，也沒有「麥奇信」牛奶啤那般焦糖味，又營養十足。

其實普通啤酒的營養也已經是嚇人的。

除了那四五巴仙的酒精，啤酒中含有氮素物質、碳水化合物、甘油、酵素、磷酸鹽、維他命 B1、B2、B6 以及葉酸等等。一瓶啤酒有二百二十八卡路里的熱量，比吃一大碗白飯還多。

談到這裏，我們這一群人的大腦中樞神經已受影響，漸入麻痹狀態，聊喝酒變成已飲酒。天下也只有酒的話題，才能達到這種效果。

睡在我旁邊的女人，沒有蘇東坡的小老婆那麼聰明，蘇東坡小老婆指着他的大肚皮，說：「你這裏面裝的是一肚子不合時宜！」望着自己的大肚皮，我也不敢自傲地說：「這是一肚子墨水。」身邊的女人老老實實地：「啤酒肚嘛！」

嬝嬝的懷抱

嬝嬝，與妳攜手，望妳繚繞上昇，消之於無形，吸一口，經全身而噴出，此種享受，非愛煙者不解。

今天通過法案，禁煙區範圍擴大，暫時不能在公眾地方與妳親熱，但在小書房中是我倆天地，願妳永遠與我作伴。

自從在電視上看不見妳，少了許多熱鬧氣氛。好笑的是，愛妳的人有增無減。吾等順民，照樣擁護，嬝嬝，不知道妳看過自己的族譜嗎？

早在公元前一千年，瓜拉馬拉出土的陶瓶中，已畫出一個吸着長條煙卷的人像。

當哥倫布發現美洲，看到土人在抽煙斗，驚訝得很。煙葉文化，早已存在，紅番用來商談，不再打仗了，大家坐下來抽口煙吧。一開始，妳的個性就那麼和平的。

所謂的文明人認識了妳之後，即刻把妳搬回老家種植，法國始於一五五六年、葡萄牙五八年、西班牙五九年；英國人最後，到一五六五年才學會培養。

跟着移民到美洲的人，把歐洲的新科技倒流，大量在維金尼亞、肯塔基、田納西州等地方大量生產，弄到供過於求。

起初妳的臣子都是用煙斗來抽煙，後來學會把一片質料最高最薄的菸葉來包裹，變成了雪茄，但只是高官貴人才抽得起的。

對不起得很，香煙的發明，卻要靠一群乞丐。當年在西班牙的塞維亞窮人把雪茄頭拾起來，用碎紙包來抽，流傳到意大利、葡萄牙和俄國去。

英國人始終喜歡抽維金尼亞系統；美國人相反地摻入土耳其煙。從此，世界上也分成這兩大派，前者的代表是三個五、牙力克、羅芙曼等；後者為好彩、駱駝、萬寶路等。

從十二三歲開始，我們幾個同學已經在學校的後山偷偷與妳邂逅。

最先同學們抽的是領事牌的薄荷煙，綠色紙盒的十枝裝，我不喜歡維金尼亞系統的臭青味，常偷媽媽的好彩來抽，才過癮。

如廁時吸一枝，清除空氣。越抽越多，晚上看《三國》、《水滸》時也要抽，才肯睡。

煙灰缸塞滿煙頭，將之藏在床底，溫柔體貼的奶媽第二天將煙蒂倒個乾淨，再放回原位，從來沒有出賣過我。

我們看黑白舊片，妳已是明星，堪富利·保加煙不離嘴，偶爾，他連點兩枝，把一根遞給女伴的朱唇。

貝蒂·戴維絲、鍾·歌羅馥的抽煙姿態更是優美。有時剛強起來，一口煙噴在暴發戶臉上，不屑地離去。

後來的彩色電影中，孤獨的占士·甸有娜達妮·活耳邊細語，卻自顧吸煙。

我們還聽到妳的許多傳說，如替人點煙的，絕對不連點三枝，因為在遠方的敵人狙擊手，看第一點火舉槍，第二點火來不及瞄準，第三點火必會中的故事，所以點火只點二根煙的規則，遵守到現在。與妳做伴，在當年，是自由的，是奔放的，是毫無掛慮的，是好玩的，是時尚的。

直到一九五〇年，妳的厄運出現了，抽煙致癌已被證實，反對妳的運動產生，商人們即刻製造出濾嘴香煙來擋災，但是傷害已造成，這股勢力將是越來越強。

今天的九十年代，當年的吸煙是摩登，現在禁煙變成時髦，大家像學穿迷你裙一樣反抽煙，由美國的一群嫁不出去的八婆發起向妳圍剿。這裏禁，那裏禁，其他國家的八婆也跟風，她們裙帶關係的那些吃軟飯的男子也乖乖地聽話，加入戰圈。國內航線不准抽，兩小時以上的國外飛機也禁煙，發展到去澳洲的八個鐘頭夜航也要離開妳。

但是請妳放心，我會呼籲同好別忘記了妳的兩位姐妹：鼻煙和嚼煙。那麼花樣多、那麼精美的鼻煙壺，不是拿來當古董，是要實用的。

長途飛機上，禁煙場所中，聞鼻煙是個樂趣，指出一小匙，搓一搓，吸入，一股透肺的清涼，那種滋味，唉，唉。原諒我花心。

我吸過上等的鼻煙，絕不嗆喉，無比的濃郁，久久不散。翌日起床，深深呼吸，又是一番回味。

優質鼻煙，數十年前已是比金子還貴，現在在嚤囉街也許可以找到少許，份量不多，也不會吸窮的。

一般的鼻煙，在歐洲的各個大城市能購入，西班牙產的，質量較佳。嚼煙好壞差距不大，煙草中還加了蜜糖、荳蔻、肉桂等等的香料，非常可口。最普遍的是美國製造的，價錢相當便宜。

到外國，我一定準備鼻煙和嚼煙，他們禁他們的，與我無關。

還有一種一小包一小包的含煙，夾在牙齒和口腔肉之中，自然頂癮，這也是美國製的，棒球選手最愛用。

煙斗、雪茄、香煙、鼻煙、嚼煙、含煙，沒有一樣是對身體有益的。

但是，想起來，孄孄，你我相處數十年，何以忍心一旦相棄。

看見辛苦了一天的鄉下人，晚上休息之前來一口竹筒水煙，是那麼的歡慰！在城市森林的我，體力消耗不及他，工作上的壓力，還不是一樣？

抽煙致癌，沒試過的年輕人我不鼓勵他們去碰妳。孤寂的長者，抽完煙後的安詳，豈是別的東西能夠代替？

記得有位智者說過：「人生的樂趣，從一點點小的罪惡開始。」

孄孄，妳是個壞女人，玩多了會傷身。我知道。但讓我長遠地依偎於妳懷抱，不願醒。

雪茄的奴隸

男人抽起雪茄，是天下最好看的。對懂得欣賞的旁觀者來説，簡直是種視覺的享受。而且燃燒中的雪茄煙，比任何男性化妝品都要純厚和香郁。能夠與雪茄匹敵的，只剩下陳年佳釀的白蘭地。

對抽雪茄本人，除了味覺，是充滿自信的成就感。你如果擔心煙味會弄臭友人的客廳，或自己家中臥室，那你已經沒有資格抽雪茄了。試想，誰會怪邱吉爾呢？

抽雪茄的第一個條件是擁有控制時間和局面的自由。

拼命吸啜，怕雪茄熄滅，已犯大忌。

緊張地彈掉煙灰，更顯得小家氣。應該讓煙灰燒成長條，看看它是否均勻，即能觀察這根雪茄是不是名廠的精心炮製。像水果一樣，煙灰熟透了便會在適當的時候掉入煙灰缸中。

最基本的，還是把每一口煙留在口中慢慢玩賞，多貴的雪茄也有不吸啜的過程，看看媳媳的長煙，浪費雪茄，也浪費時光，天塌下來當被蓋，便自然地培養了抽雪茄的氣質。

錯誤的觀念是：會抽雪茄的人，雪茄一定不會熄滅。所以像抽香煙一樣地深吸，趕着見閻王地把整根雪茄抽完，口水弄得雪茄像泡漬黃瓜，喉嚨似被濟眾水浸過，臉上發青，咳得頭腦爆裂，真是可憐。

雪茄熄了就讓她熄了嘛，有甚麼規矩說不能熄滅的？熄後重燃，會增加尼古丁的傳說也是騙人的，沒有科學證據。熄滅後的雪茄，輕輕地拍掉多餘的煙灰，再用長條火柴轉動燃燒，這樣的話，不用一面點一面吸，雪茄也會重新點着，只要不是隔夜，味道不減退。

溫士登·邱吉爾曾經取笑他一個兒女成群的手下說：雪茄味道固好，但也不能老插在嘴裏。

邱吉爾抽的是甚麼雪茄呢？當然是夏灣拿雪茄了。至於是哪一種牌子，當年名廠紛紛送他，大家都說是他們的那一種，但是可靠的還是「羅蜜歐與茱麗葉」吧。他們的七吋雪茄就叫做邱吉爾。後來其他名廠也跟着把這個尺寸邱吉爾前邱吉爾後地叫開，當成長雪茄的代名詞。中年發福後抽邱吉爾才像樣，清瘦的年輕人就招搖過市了。女人抽細長的雪茄也很好看，要是她們老含着邱吉爾，就有點偏愛口交的印象。

一根「羅蜜歐與茱麗葉」的邱吉爾，點點抽抽，熄後再燃，可吸上兩個鐘點以上，只賣九十五塊港幣，不能說是過份的奢侈。

雪茄包裝，通常是二十五枝一盒。貴雪茄之中，有以小說《基度山恩仇記》的主角為名之 Montecristo，一盒要賣到六千大洋，每枝二百四十元。Cohiba 出的 Esplendidos 四千九百五十一盒。又老又忠實的「羅蜜歐和茱麗葉」則是兩千三百七十五一盒。

但是便宜的菲律賓雪茄也不少。荷蘭做的亦不貴，雖說豐儉由人，但是要是達到抽雪茄的境界，則非古巴的夏灣拿莫屬。

談到菲律賓雪茄，有種兩根交叉捲在一起的，起初不懂其奧妙，後來看到趕馬車的車伕，手握韁，一手抓鞭，偶爾把鞭子放下，抽抽掛在面前繩子上的彎曲雪茄，才明白它的道理。

美國電影抽雪茄的場面中，大亨選了一根，靠在耳邊捏捏後轉動聽聽，然後點着來抽。這根本就是在演戲，這麼做只能破壞雪茄的組織吧了，所以千萬別在人家面前做這種醜態當鄉下佬。

至於保留雪茄的招牌紙環是不是過於炫耀呢？則不然。撕去也不會加強煙味。它是攏着雪茄組織的一分子，要撕掉也要等將雪茄抽剩三分之一。對付很難撕得開的雪茄招牌紙線，只要用手指點一點白蘭地，浸濕紙環漿糊的部份，即能順利剝脫。最佳玩法是小心地脫下來，套在女伴的無名指，跟她說：「要是沒有相見恨晚這回事……」女人當然知道你在吃豆腐。但她們絕對不會心裏說：「哼，你用這麼低賤的東西來騙我！」好女人只會吃吃地笑。

到高尚西餐廳去，飯後侍者總會奉上一盒雪茄，讓你挑選。別以為名牌就是最適合自己的胃口，先看看捲葉的顏色：分淺棕色 claro、深棕色 colorado，純棕色 colorado claro 和黑色 maduro。棕色較辣，黑色較甜。其他顏色屬於甜和辣之中間。

挑選之後你有權力輕輕地按按煙身，看看是不是像少女的膚肌一樣地結實而充滿彈力。若似老太婆一般地僵硬，儘管退貨。

有人喜歡隨手把雪茄放入白蘭地中浸它一浸再抽，這一下又露出馬腳，只有破壞好雪茄的味道，對她是十分不尊敬的。

一般上，雪茄像白蘭地，越舊越醇，經過五年到七年的發酵過程的雪茄最好抽。在市面上的，是在原廠中藏了兩年之後才拿出來賣，已很過得去了，要是你堅持要收藏到五年後才抽，那得用一個保持一定溫度和濕度的貯藏箱盛之，數萬到數十萬一個不出奇，不過到了這個階段，你已經不是雪茄的主人，而是它的奴隸。照照鏡子，也像一個。當然，做雪茄的奴隸，做得過的。

野茶禪

要出遠門，當然準備好茶葉，至於要不要帶個茶盅，猶豫了一陣子。拿個藍花米通去吧。茶葉舖的老闆陳先生說：「這種茶盅隨時可以買到，打破了也不可惜。」

對慣於旅行的人，行李中的每一件物品都計算過，判斷是否必須，方攜之。沏茶總不會是個問題吧？最後決定，還是放棄了茶盅。

這一來可好，往後的一些日子，這個決定帶來許多麻煩，但也有無盡的樂趣。

到達墨西哥，第一件事便是找滾水。我的天，當地人是不用的。他們根本就不喜歡喝茶，只愛咖啡。咖啡並非沖的而是煮的，一鍋鍋地泡製，便沒有多餘的滾水了。

西班牙語是：Agua Caricante，水熱的意思。拼命向人家要「水熱」、「水熱」。他們不知道你要「水熱」幹甚麼？結果也依了我，跑到廚房去生火，他們沒有水壺或水煲，用個煮湯用的鍋子，把水沸了交給我。

拿到房間把茶葉撒進去，根本談不上沏茶，簡直是煮茶，真是暴殄天物。對着這鍋茶怎麼辦？也不能把嘴唇靠近鍋邊喝，燙死人。只有倒入水杯。波的一聲，玻璃杯破了，差點把手割傷。

第二天忍不住去買了個原始型電水壺，此種簡單的電器，墨西哥賣得真貴，三百六十大洋港幣。

有了電水壺沒有茶壺又怎辦？這次不敢直接沖滾水入玻璃杯，但也不能將茶葉扔進電水壺裏呀？

想個半天，有了，從行李中拿出一個小熱水瓶來，這是我出外景必備的工具。因為有一次在冰天雪地的韓國雪嶽山中，梳妝師傅細彭姑爬上雪山時還帶着個熱水瓶，我嫌她累贅，想不到拍到一半，快凍僵時，她由熱水瓶中倒出一杯鐵觀音來給我，令我感動不已。由此之後，我向她學習，每到外景地前沏好一壺茶，讓最勤力的工作人員欣賞欣賞。

把茶葉放進熱水瓶，再將滾水倒進去，用牙刷柄隔茶葉，第一泡倒掉，再次注入熱水。

沏出來的茶很濃，好在用的是普洱，要是鐵觀音就太苦澀了。飲用時倒進杯中，茶葉渣跟着沖出來，半杯茶半杯葉，也只有閉着眼睛喝了。

演員跟着來到，先是黎明把我的電熱水壺借去泡公仔麵。還給我時，葉玉卿又來拿去。這一借，不回頭，我也不好意思為了一個小熱水壺和人家反臉，算了，另想辦法。

走過一家手工藝品商店，哈哈，給我找到了一個茶壺，畫着古印第安人抽象的藍花，很是悅目，即刻買下來。

再到超級市場去進貨，想多買一個熱水壺，但是給香港來的工作人員一下子買光。小鎮上，再也難找。

索性全副武裝，購入一個電爐，再買個鐵底瓷面的鍋子，一方面可以沸水一方面又能煮食。

回到小房間，卻找不到插蘇頭：燈是壁燈，電風扇掛在天花板上，只有洗手間中那個插電鬚刨子的能夠勉強運用。

水快沸，心中大樂，這次只許成功不許失敗，把茶葉裝入茶壺，注入滾水。

準備的茶杯，倒茶進去。又是一杯半杯茶葉半杯水的茶。原來買的是咖啡壺而不是茶壺，注水口大，沒有東西隔着，所以有此現象。

經過幾番折騰，後悔當初不把那個茶盅帶來，中國人發明的茶盅實在簡單方便實用，到現在才知道它的好處。

終於，在五金舖中指手劃腳，硬硬要他們賣給我一小方塊鐵紗，店員乾脆說：「不要錢，送給你。」

老大歡喜地把那片鐵紗拿回酒店，貼在咖啡壺內的注水口上，這一來，才真正地享受到一杯好茶。

在沒有喝茶習慣的國家中，我遭了好些老罪，上次在西班牙，向他們要滾水的時候，他們把有汽的礦泉水煮給我，泡出來的茶有股亞摩尼亞味，恐怖之極。

之後，我已不要求甚麼鐵觀音普洱，只要有立頓黃色茶包已很滿足。沒有滾水？好，要杯咖啡，再把三個茶包扔進去浸，來杯鴛鴦算了。

我們這次的外景，最大享受是回到旅館，每個人都把他們的臨時泡茶工具拿出來，你沏一杯，我沏一杯，甚麼茶都不要緊，只要不是咖啡就行。喝入口中，比甚麼陳年白蘭地更加美味。

日本的茶道，那不過是依足陸羽的茶經去做，很多人罵他們只注重儀式，但也是優閒生活的一個方法呀?台灣人沖功夫茶更是越來越繁複，先用一枝竹夾子把小茶盅中的茶葉夾出來，再來個小竹筒盛新茶裝入，沏後倒入一大杯，再注入幾小杯，把空杯聞了一聞，再喝茶之。說甚麼這才是真正的茶道，他們看輕日本和香港的喝茶方式，認為台灣產的凍頂烏龍，才真正叫做茶。

茶，要是一定那麼喝，已失去茶的意思。

茶，是用來解渴，用甚麼方式，都不應該介意和歧視。在沒有任何沏茶工具做出來的茶，才能進入最高的境界。

普洱頌

翻看雜物，發現家中茶葉：普洱、鐵觀音、龍井、大紅袍、大吉嶺、立頓、富遜、靜崗綠茶和茶道粉末，加上自己調配的，應該這一生一世，飲不完吧。

茶的樂趣，自小養成。家父是茶癡，一早叫我們三兄弟和姐姐到家中花園去，向着花朵，用手指輕彈瓣上的露水，每人一小碟，集中之後滾水沏茶的印象猶深。

家父好友統道叔是位入口洋貨的商人，在他辦公室中一直有個小火爐和古董茶具泡功夫茶。用欖核燒成的炭，是在他那裏第一次看到。

濃郁的鐵觀音當然是我最喜愛的。統道叔沏的，哥哥一早空肚喝了一小杯，即刻臉變青，嘔得連膽汁都吐出來，我倒若無其事的一杯又一杯。

老人家教道，喝茶喝醉了，甚麼開水、牛乳、阿華田都解它不了。最好的解茶藥，莫過於再喝茶，但是這次要喝的是武夷老巖茶，越老越醇，以茶解茶，至高的境界。

來到香港，才試到廣東人愛喝的普洱茶，又進入另一層次。初喝普洱，其淡如水。因為它是完全發酵的茶。入口有一陣霉味，台灣人不懂得喝普洱，洱字又難唸。乾脆稱之為「臭普茶」。臭普，閩語發霉的意思。

普洱茶越泡越濃，但絕不傷胃。去油膩是此茶的特點，吃得太飽，灌入一二杯普洱，舒服到極點。三四個鐘頭之後，肚子又餓，可以再食。

久而久之，喝普洱茶一定喝上癮。高級一點的普洱茶餅，不但沒有霉味，而且感覺到滑喉，這要親自經驗，不能以文字形容。

想不到在雲南生產的普洱，竟在廣東發揚光大。普洱的唯一缺點是它不香又不甘，遠遜鐵觀音。

有鑑於此，我自已調配，加入玫瑰花蕊及藥草，消除它的霉味，令其容易入喉。這一來，可引導不嗜茶者入迷，小孩子也能喝得下去。經過這一課，再去喝純正的普洱，也是好事，能去油膩，倒是不可推翻的事實。

市面上有類似的所謂減肥茶，其實是摻了廉價的「番瀉葉」，喝了有輕微的拉肚子作用，已失去了享受的目的。而且，番瀉葉與茶的質素不同，裝入罐中，沉澱於下，結果茶是茶，番瀉葉是番瀉葉，一大把抓了沖來喝，洗手間去個不停，很可憐。

玫瑰花蕊和菊花一樣，儲久了會生蟲，用玫瑰花蕊入茶，應該很小心。從產地入貨後，要經過三次的焙製，方能消除花中所有幼蟲，但是製後須保持花的鮮艷，這也要靠長時間的研究和經驗的累積。

一般茶樓中所喝的普洱，品質好不到哪裏去，有些還是由泰國進口，當地商人收集沖過的舊茶葉，發酵而成，真是陰功。純正雲南普洱，不分貴賤，都有一定水準。

其他茶葉沏後倒入茶杯，過一陣子，由清轉濁，尤其是西洋紅茶，不到十分鐘，清茶成為奶茶般的顏色。

普洱永不變色。茶樓的夥計把最濃的普洱存放於一玻璃罐中，稱之為茶膽，等到閒下來添上滾水再喝，照樣新鮮。

在茶莊中買到的普洱，由十幾塊錢一斤。到數百元的一個八両茶餅，任君選擇。所謂的絕品「宋聘」，九十九巴仙是假貨，能有「紅印」牌的三四十年舊普洱喝，已是很高級。但是普洱是屬於大眾的日常飲品，太好太醇的茶，每天喝也不過如此。港幣一百元一斤，已很不錯。平均每一斤可以喝上一個月，每天只不過是三塊多錢，比起可樂、七喜，便宜得多。

普洱葉粗，不宜裝入小巧的功夫茶壺。以茶盅沏普洱最恰當。普通的米通茶盅，十幾二十塊錢一個，即使買民國初年製的，也只不過是一兩百。弄個古雅一點的，每天沏之，眼睛也得到享受。

有許多人不會用茶盅，但原理很簡單，膽大心細就是，有過兩三次的燙手經驗，即畢業。

喝茶還是南方人比較講究，北方人喝得上龍井，已算及格，但他們喜愛的香片，已不能叫做茶，普洱更非他們可以了解或欣賞的。

普洱已成為了香港的文化，愛喝茶的人，到了歐美，數日不接觸普洱，渾身不舒服。我每次出門，必備普洱。吃完來一杯，甚麼鬼佬垃圾餐都能接受。

移民到外國的人，懷念起香港，普洱好像是他們的親人。家中沒有茶葉的話，一定跑到唐人埠去喝上兩杯。

到外地拍電影，我的習慣是攜一個長方形的熱水壺，不銹鋼做的，裏面沒有玻璃鏡膽，不怕打爛。出門之前放進大量普洱，沖沖水，第一道倒掉，再沖，便可上路。寒冷的雪山中，或酷熱的沙漠裏，倒出普洱與同事一齊喝，才明白甚麼叫做分享。

一次出外忘記帶，對普洱的思念也越來越深。幻想下次喝之，必愈泡愈濃，才過癮。

返港後果然只喝濃普洱，不濃不快。倒在茶杯中，黑漆漆地。餐廳夥計走過，打趣着問：「蔡先生，怎麼喝起墨汁來？」

謙虛回答：「肚中不夠嘛。」

飼料

我雖然勸人家甚麼都吃，但我自己也有一些絕對不吃不喝的東西：

一、咖啡

我太喜歡喝茶了。一愛上，就舂個頭去研究。沒有時間分心，我知道要是再喝咖啡的話，就慘了。像我也喜歡京劇，卻不敢涉足。

二、鳳梨

粵人稱之為菠蘿，我們南洋人叫它為黃梨。小時候，到馬來亞去旅行，路經一片片的黃梨園，一望無際。已到收割時候，街邊堆滿了，沒人去管，我們把車子停下，拾幾個來吃。

沒有帶刀子，只有把黃梨扔在石頭上，砸爛了就那麼吃進口，要多少吃多少。

真甜，黃梨最好吃的部份是它的心，比甘蔗更爽脆甜美。吃多了，發現嘴和舌頭都被黃梨的纖維割破，痛得要死。

從此對黃梨起了恐怖症，看到它頭皮就發癢，不小心吃進一塊，頭上標汗，淋至額。偷東西的報應也。

我想我可以強迫自己吃更多的黃梨來克服恐懼，但年紀已大，不必做這些無謂的事。

三、貓

那麼有靈性的動物，怎麼吃得下？

有些人説貓是外星人，這一點我深信不疑。

看到大陸人賣所謂龍虎鳳的舖子，心中生毛，絕對不會走進。

要是漂泊在小島上，沒有食物，只剩下貓。那麼，我想我也不會吃，把自己當貓糧可也。

除了這三種東西，基本上我可以甚麼都嚐一口，喜歡和不喜歡又是另外一回兒事。

試過之後，而覺得不愛吃的，倒是不少。

一、小棠菜

這種日本人叫為長綠菜的蔬菜。飛機餐最愛用，加熱後不變色，也不變味。當然不變味，因為它本身就沒味嘛。吃它不如吃草，至少草腥。

二、蒟蒻

又稱魔芋，由蒟蒻地下莖採取的澱粉製成。當今流行摻入果汁來代替啫喱，但不能像啫喱溶化，所以很多老人家吃了鯁死。蒟蒻完全要靠別的東西給予它味道。那麼，不如吃那些有味道的東西。

三、年糕和白麵

道理和蒟蒻一樣、它本身是無味的。上海炒年糕固然不錯，但我只選配料來吃。這一系統的食物我都不喜歡，包括北方和上海的麵和日本烏冬，因為它既無味又不爽脆，我愛吃的是全蛋麵，鹼水下得多也照吃不誤。而且，我還來個那麼嗜食鹼水味。

四、馬鈴薯

這種北方人稱為土豆的東西，對它沒有太大反感，但印象給洋人的炸薯條破壞了，不懂得美食的人才會欣賞炸薯條。用來切絲炒菜，也不是甚麼美味，偶爾食之，是和咖喱雞一塊兒煮的時候，吃個一塊，已是給面子。

五、西蘭花

不管是綠色的，或是白色的椰菜花，我都不喜歡。沒甚麼理由可言，要找藉口的話，只能說它們沒有個性，無獨特的味道。

其他的我甚麼都吃，尤其是被認為最不健康的高膽固醇之類的食物，愈吃愈香。有些，是觀念上惹起反感的：

一、齋

看到素菜店的假叉燒、假燒鵝、假魷魚，我就反胃。這些食物很油，又加很多味精，不好吃還不算，觀念上，他們賣的是肉，已經違反了吃素的原則，對所有假的東西，我都討厭，代表性的還有假蟹肉。現在發明了假烏魚子，更是罪過。

二、所有人工培養的肉類

當今的蝦，已無味，養的嘛，黃腳鱲更只剩下形狀，真正天然的有一股幽香，已快絕種。農場雞不好吃，生出來的蛋更嚥不進口。

三、連鎖性快餐店

也說不出原因，不喜歡就不喜歡，認為是次等食物。有次在倫敦街頭，舉目盡是快餐店，連吃一個輕便的午餐無處覓，但餓死了我也不肯走進麥當勞。

四、Fusion 菜

東西結合，本來是好事，但是食物的基本，是要做得美味。當今的所謂新派料理，淡出鳥來，只求形態美、主張健康，但吃完已經是絕不健康，腦生了病，死得快。

五、花巧菜

中餐中常有些冷盤，用蔬菜插隻龍或鳳，我一想到廚師用手去又摸又搓，已噁心。花那麼多時間去弄擺設，做食物一定沒有把握。

還我天然，還我純樸。冬瓜豆腐我來得個喜歡，豆芽炒豆卜更是百食不厭的。任何最普通的材料都能做出美味的菜來，問題是肯不肯花時間去找？肯不肯花功夫去做？

能夠把平常的食物變成佳餚，是藝術，不遜於繪畫、文學和音樂，人生享受也。把食物弄得通俗平凡，已不叫食物，叫飼料。

三、沐浴隨想

Spa

Spa 這個字從哪裏來的呢？

傳說是比利時有個同名的小鎮，那裏有高級度假村和礦物質溫泉，因此得名。

在古羅馬時代就有 Aquae Spadanae 的豪華浴場，拉丁名 Spagere 代表了散開、噴水和浸濕。

我們一聽到 Spa 這個字，即刻聯想到大水池、泥漿浴、溫泉、各種按摩、身體的臉部的和腳底的、香薰、減肥程序、冥想課程和修手腳甲等等。

一向沒有正式的中文譯名，勉強安上「水療」這個字也不當，當你聽到了「療」，就和生病搭上關係，所有身體上的享樂都一掃而空了。英文當今在社會上已慣用，有時不譯好過譯。

令到 Spa 流行，曼谷的「東方文華酒店」大有功勞，他們是首家設立有規模的設施。過了河在酒店對面那座建築有多個房間讓客人休息、沖涼、按摩，所選的少女服務一流，都是經過寺院的泰式古法按摩訓練出來，態度和藹可親，力道十足，試過之後，無不讚好。

價錢可不便宜，做一個全套的，往往要比房租貴了一倍來。其他酒店見有生意即刻紛紛仿效，好像沒有 Spa 設施就不夠高級。時逢商業旅行的高峰期，每個 CEO 或更低級數的行政人員，都以為一做 Spa，時差即刻消失，翌日精神奕奕地做成一單買賣。

見獵心喜，其他商家也一窩蜂開設酒店之外的 Spa 公司，以較低廉的價錢吸引顧客。在泰國做過一次，上了癮，以後看見此等服務就要試一下，這行業在東南亞各國紛紛崛起，大陸尤甚，有如腳底按摩那麼燎原。

但要知道泰國是佛教國家，女人有敬佛祖和父母的傳統，和其他地方以為人人平等，為甚麼要服侍你的心態大有不同，到旁的國家做 Spa，出來一定一肚子氣。

一般客人看了價錢表之後，多數選兩小時療程，開始之後服務員慢條斯理地為你弄一缸水，叫你浸腳就要浸掉十五二十分鐘，那是自我服務。

又洗又擦，好了，請你休息一會，問道：「要不要做臉部按摩？」

你一點頭，這下可好，搓搓你的臉，又去了近一小時，剩下的那短短的時間，連洗個澡都來不及，那做甚麼按摩呢？

學聰明了，一下子就叫工作人員從按摩開始，那又是東搓搓西搓搓，談不上一個按字，還拼命地問：「夠不夠力？不夠請你出聲。」

唉，出了聲也沒用呀，就算對方使盡吃奶力，力道還是那麼軟綿綿，所以你去到泰國之外的地方，千萬別做甚麼 Spa，沒用的。

當然有例外，那是你要在當地住久了，東試試西試試，找到一個真正肯服務你的女人，認定了她，小費又多給，才有效。

以為逢泰國女人就行，也不是。當今越開越多，有本領的女人都分散了，遇到的，不少是很懶惰，也是搓搓算了。要去，去幾家出名的、比較有信用的 Spa，脫了衣服，手抓一份厚禮，遇見女的，先給小費，也許較好，不然老遠來到，浪費了錢不算，還要浪費寶貴的時間。先給小費也不一定得到好報，總之給好過不給。

泰國之外，其次的是韓國，他們的 Spa 另有一套，是山東人的傳統，較為粗魯，但是韓國人自傲心強，既然你給了錢，就要為你服務，不偷懶，我還是喜歡在韓國做 Spa。

在日本要找 Spa 找不到，原來他們叫為 Esute，是從審美 Aesthetic 而來。日本女人從前也有服務男人的傳統，經濟起飛後生活舒適，女兒家不必做這種低微的工作，所以少女遊客到了外國，拼命找 Spa 享受。經濟泡沫爆破至今已有二十年，人漸窮，也肯出來替客做 Esute 了，但始終技不如人，當今到了鄉下的溫泉旅館，他們找到韓國女人來擦背和按摩，價錢不貴，是做得過的。

印尼女人的服務也不錯，從前試過宮廷式的按摩，有意外的滿足，但此等女人到底少，一些少女從鄉下來，經過好老師訓練也許出色，遇到壞的教練，還是那三兩下子的搓搓罷了。

香港的各大酒店都有 Spa，價錢可貴得驚人，又不一定是好，遇到些熟的，物有所值。香港女人也實實在在，為了保持那一份工作，不會太過馬虎，但一碰見新移民，很情緒化，時好時壞，大多數一做熟了就加上點色情成份，好此道者也不妨嘗試。

真正的 Spa，應該是從古希臘和古羅馬的一脈相承，水池要空間十足，池邊可躺下休息，吃整串的葡萄。池水要有礦物質，溫泉噴出的最佳。中年女人為你大力擦背，巧手的少女為你仔細按摩，有香薰的、用熱鵝蛋石的、額上滴油的，或用小棍替你輕輕敲打腰部的。

這種設施只有匈牙利的布達佩斯還能找到，可惜當地按摩女郎功夫不到家，當今他們由泰國輸入補救這個缺點，最可喜的還是最後付錢，並不覺得貴，大家一齊到匈牙利去做 Spa 吧！

今日的澡堂子

從前的上海澡堂子，在香港已無處覓。代之的，色情浴室居多，無甚享受可言。

很懷念去油麻地長樂街的長樂浴室那段日子，那種優雅再也難於重現。數年前為止，還有些老師傅在這一間那一間的三溫暖生存。目前死的死，退休的退休，我已經很久沒有找人替我擦過背，身上老泥不知多厚。直到日前去了尖東的樂滿濤桑拿，遇見了李耀良。

李師傅肥肥胖胖，樣子長得年輕，但也四十一歲了。他的老師不做了，由他頂上。見到新面孔，就讓他試試。

哇，試一試，試上癮來了。李耀良的手藝，絕對不遜我從前遇到的數位，是大師級人物。

回到家裏，我翻開十多年前在《蔡瀾隨筆》那本書中寫的一篇〈上海澡堂子〉，重看一遍，和這一次的新經驗，交錯對比，一樂也。

從前的擦背，客人躺在浴池邊的大理石上，又冷又硬；當今的是用一張專用的床，像按摩室中那種，海綿墊以塑膠皮包着，防水、柔軟舒服。

仰天睡在床上，李師傅用兩條大毛巾替我蓋上，以免着涼。床的旁邊有個大木桶，三分之二人那麼高，冷熱水喉噴出大量的水將之充滿、流出。

這時李師傅由桶中提出一大桶一大桶的熱水，向身體沖來，毫不吝嗇，一沖至少十桶。這種享受，在家中的沖涼房絕對做不到。

「沖水也要講究。」李師傅說：「看客人對熱水溫度的反應，怕燙的少淋幾桶，覺得適合的多沖一些。」

用毛巾在手上一包，包成刀形，再掀開上半身的毛巾，由頸項大力擦下，一條條橡皮筋般粗的老泥就出現了。這是你感覺到的，因為李師傅用另外一條毛巾蓋着你的眼睛，以防水滴濺入。從前的擦背師傅不同，他們把老泥搓出後，總喜歡推到你的眼前，讓你看到他們的成績。

擦完上身，毛巾拉上蓋着，再炮製腿部，連腳趾縫也揩個乾乾淨淨，感覺又癢又舒服。

「擦一次背，要用兩條新的毛巾。」李師傅解釋：「擦了腳，就得丟掉。擦背時再換一條沒用過的，現在的消費，毛巾最不值錢，不能省，像從前的用過再用，客人就嫌髒了。」

又是一大桶一大桶的水沖身之後，就是用海綿塗了皂液洗擦，再用一塊瓜瓢磨擦皮膚，更淋一次水。

「熟客用過一次，海綿和瓜瓢都存起來，以後就是他專用了。」李師傅說。

洗擦到敏感地帶，為了避嫌，輕輕帶過。這和從前的技巧不同，舊時師傅才不管三七二十一，左手兩指捏起你的小弟弟，右手包着毛巾由上大力搓下，刮刮兩次，痛得眼淚掉下之餘，同時也感到一乾二淨。

抹完肥皂再沖水，就可以翻身擦背，那張床有個洞讓你不會壓到鼻子，洞的周圍又鋪上三條小毛巾，背上再來兩條大毛巾蓋住。

沖了水，用新毛巾包着布刀再擦，老泥又是滾滾而來，從前我隔天泡澡堂子，師傅還是會搓出泥團，我懷疑是表皮死去的細胞。

腳部用另一個塑膠枕頭墊高，擦起來就不會頂住腳趾。

「你是甚麼地方人？」我問李師傅。

「廣東人。」他說：「向揚州老師學的。從頭做起，由跑堂、捏腳、修腳、按摩做到擦背，要樣樣精通，才算合格。」

水沖完再沖。又來另一次的敲打，依照上海澡堂子的傳統，帶着敲鑼鼓的節奏：劈劈剝、劈劈剝；劈剝、劈剝；劈劈、剝剝；剝！

「揚州人叫它做棉花拳。」李師傅想起學師時的術語。

「棉花拳？」我問。

「敲下去後會彈起的，才有資格叫棉花拳。」他說：「擦背師傅身形也不可以太瘦，太瘦了手背的肉不夠厚，敲起來客人就嫌棄了。」

怪不得都是大漢，從前的赤條條，當今已穿上T恤和短褲。舊浴室沒有冷暖氣，夏天還可以在私人房沖，那是一間有浴缸的小房間，要用一塊木板架住，擦起背來才方便，但分分鐘像會跌進浴缸中；冬天怕小房間太冷，就要在大池的池邊進行。目前的這張床，據李師傅說，是訂做來為客人服務的。

「隨着時代改進，」李師傅有感：「我們這一行，還是可以生存下去的。」

說得一點也不錯。整天歎息生活沒有從前好，日子難過。我一直不相信一代不如一代，也不是青出於藍的信徒。每一個時空都不同，才有趣。

擦完背後李師傅為我連頭也洗了，一共沖了三次水，再把隔壁的花灑溫度調好，讓我自行再洗他沒有擦過的部位，整個過程才算大功告成。

住在阿姆士丹的丁雄泉先生，在紐約的好友張文藝，來了香港最大樂趣除了吃，就是泡澡堂子了。身在國外，不可能有此享受。香港人真幸福。

沐浴隨想

談起洗澡，唉，余生晚矣，如果能活於羅馬時代，躺在池邊，讓奴隸們抹香油，再由美女把整串的甜葡萄餵入口中，那有多好。想到當年的葡萄品種原始，一定有核，連核吞下的感覺並不好受時，由夢中驚醒。

現實生活中試過的是各式上海澡堂子，擦背功夫，應該不遜鬼佬，總算有點安慰。

高級享受是浸日本溫泉的所謂露天風呂，望着無際的楓葉，蔚藍的天，腦中一片空白，讓熱水接觸到每一個細胞，不羨慕神仙矣。

旅館供應入浴用品，傳統的地方給的是一塊長方形的薄布，並非現代化的毛巾，把布浸在冰冷的水中，扭出水滴後疊合舖在頭上，這麼一來才不會讓血流沖上頭來，這是浸溫泉的秘訣。

好旅館應有侍者奉上一個扁平的木盒，乘着幾瓶清酒，飄於池中，讓客人一面聊天一面細酌。

在丹麥旅行時也試過當地的露天浴，記得是個晚上，仰天看着無污染的天空，數不盡的星星。侍者催促起身，被帶到結冰的湖，鑽了個洞，整個人浸進洞裏，驚醒了全身的神經，隨着跳起，這時候由身體發出的熱量和外界的冰冷空氣混合，形成一件蒸氣的衣服，白濛濛地美得不能用文字形容。

張藝謀和鞏俐告訴過我，他們有幾十天不洗澡的記錄，皆因缺水，這可理解，最不明白的是法國人不愛沐浴的人的心態。這麼美好的過程，豈能忽略。

住在巴黎的女友環境不錯，但除了花灑之外，就是那個滌洗局部的「比叻」。事後她叫我用，我才知道原來「比叻」是不分雄雌的。我笑說這是我見過的最小的浴缸。

也曾經去過紐約的舊公寓，發現浴池比洗臉盆大一點，是個四方形的東西，而且很高，要爬上去才能打坐式地入浴，但是水只浸到大腿罷了。朋友說這是猶太人建築物，我想他們是否也沖涼的，最多用條毛巾揩揩身體，真是可憐。

認為現代生活的基本條件，是個浴缸，沖洗的是一天疲勞。

圓形的「惹庫齊」由四道水管噴水，說是按摩全身，但有沒有效的確是疑問。

泡浴缸應該是和平的、寧靜的，並非四方八面的圍剿。

這次在外國的酒店中，試到浴缸對面牆裏鑲着一副電視機，隔着防霧水的玻璃，好在沒播甚麼精彩節目，不然的話一定浸到脱皮。

理想的浴室應是設於一間一千呎左右的房間，空空洞洞，不做擺設。中間放着一個古典式的搪瓷浴缸，下面鋪着木地板，陽光由一邊射入，透過窗框，在熱水的蒸汽上形成幾道光線，似幅沙龍作品。

但並不是每次入浴都有優美的環境，既來之則安之，可以保持清潔，已是福氣。

兒時的沖涼房中置有一大皮蛋缸，由水喉淌水積滿，缸上鋪着塊橫木，放着把木杓，潑水沖之，雖然原始，但也是樂趣。

搬家時新屋有把花灑，倒圓錐形的器具上鑽着許多小孔，一開水喉便有無數的水線噴出。的確是新奇的玩意兒，雖然只有冷水，已覺得生活質素改進得多。

開始有熱水設備時，老覺得本來是一身汗的，沖完涼還是一身汗，直到那麼一天，沒有熱水，一洗就感冒，人生的享受是增高了，但是身體是脆弱了。

出國到日本，根本就沒有浴室，家中有間私人洗手間已經算是好待遇。跟着鄰居，拿一個小塑膠桶，桶中放條毛巾，肥皂，便步行到公眾浴室去。

經過壽司店，酒癮發作，進去飲個兩杯，和旁邊坐的一個老頭談起天來，他感嘆地：「唉，我見過無數的赤裸裸的人生。」

聽了覺得這個老者談吐富有哲學。

到浴室之後才知道他是看管澡堂子的，坐在高枱上望着男女兩邊出浴，怪不得看過那麼多赤裸裸的人生。

浴室外寫着個巨大的「湯」字，分「男湯」和「女湯」，日本的湯，做熱水解，我們習慣用在湯麵的湯。走進去看到一個大浴池，跳了進去即刻跳出來，水熱得燙人，浸在裏面五分鐘的話一定熱出禍來。

多年的外景工作，帶我試過各種入浴經驗。在印度的恆河邊，和群眾一齊浸在黃泥水裏；韓國的深山中，以冰涼清澈的泉水洗澡，覺得可惜，這是用來沏茶的呀。

泰國鄉下旅館，沖花灑沖到一半，幾十尾蜈蚣從流水洞口倒爬出來，只好光着身體衝出走廊大聲呼喊，旅館女工哈哈大笑，當然不是指着蜈蚣說小。

幾個月下來，終於殺青，回到所謂的文明社會，第一件事便是租家大酒店好好地泡一個熱水澡，洗呀洗呀，起身時看到浴缸壁上留着一道黑色的痕跡，毫不覺污穢，反而是陣陣喜悅的成就感。

按摩癖

第一次接觸按摩，是我從新加坡到吉隆坡旅行的時候，當年我只有十三歲。

一個比我年紀大不了四五歲的女孩子，面貌端正，問道：「要乾的，還是要濕的？」

「？」

「乾的是用莊生嬰兒爽身粉，濕的用四七一一。」她說。

這種來自科隆的最原始最正宗的科隆水，有一股很清香的味道，我很喜歡，當然要濕的。

她從手袋中取出一樽100ml的玻璃瓶，雙手抹上，開始從我的額頭按起。接觸刺激到全身神經末端，是我從沒有經驗過的，非常之舒服。後來按至頸部，肩上、手腳，瘦瘦麻麻，整體血液打了好幾個轉。

從此，染上按摩癖。

十六歲來到香港，友人帶我去尖沙咀寶勒巷的「溫泉浴室」，才知道上海澡堂子的按摩是怎麼一回事兒。全男班的師傅，替我擦完背，躺在狹床上，就那麼噼噼啪啪敲打起來，節奏和音響像在打鑼鼓，咚咚撐、咚咚撐、咚撐。又按又捏，做後一身鬆，真是深深上了癮。

去到日本，在溫泉旅館試了他們的按摩，叫做指壓，敲拍的動作不多，穴位的按壓為主。最初頸項受不了力，事後經常疼痛數小時。後來遇到的技師也都很平庸。民生質素提高了，不太有人肯做這件工作，後繼無人之故，所以去泡溫泉，也很少呼指壓前來了，很歧視他們的手藝。

開始我的流浪生活後，到處都找按摩，韓國人並不太注重此種技巧，在土耳其浴室中按幾下，用的也是日本的指壓方式，但在理髮舖洗頭時的頭部按摩，卻是第一流，慢慢從眼睛按起，用小指揑着眼皮，揉了又揉，再插進耳朵，旋轉又旋轉，正宗享受，何處覓？

台灣也住過一陣子，來的多是座頭市式的盲俠，其技術介乎上海按摩和日本指壓之間，遇到的對手並不高明，是我運氣不好吧。

印度按摩用油居多，一身難聞的味道，但是技師以瑜伽方法，一個穴位按上二十分鐘，也能令人昏昏欲睡。

最著名的應該是土耳其按摩了，浴室的頂部開了幾個洞讓蒸氣透出，陽光射入，照成幾道耶穌光，肥胖赤裸的大漢前來，左打右捏，只搓不按，把你當成泥團搓，也是畢生難忘的。

另一出名的是芬蘭浴了，從郊外的三溫暖室中走出，跳入結冰的湖中洞裏，有心臟病的話絕對猝死，但那時年輕，受得了，爬出來後身體的熱氣噴出，與外邊的冷凍相撞，結了一團霧，整個人像被雲朵包住，這時自己用一把桂葉敲打全身，後來一個赤着身體的高大女人前來替你按摩，經驗是可貴的，但毫無纖細可言。

還有很多國家的按摩，也都試過。一生之中，遇到最好，沒有幾個。

在蛇口的「南海酒店」中的孔師傅，是穴道學會的主席，方位奇準，按完還教你幾招自習，可以推薦你去。

到雲南大理旅行時，在一家台灣人開的旅館中遇到一位三十歲左右的失聰女士，也是奇才，不知道承襲了哪一派的功夫，按完整個人脱胎換骨，可惜沒記下她的名字。

汕頭「金海灣酒店」中，腳部按摩技師有個很特別的姓，不會忘記，姓帥。是一位天生的技師，至今我被做過的腳部按摩，算她最好。

談回指壓，數十年前邵逸夫先生從東京銀座的藝妓區請了一位長駐香港，幫他按摩。當年事忙，也很少叫她。這位小姐來了差不多兩年，一遇到有甚麼困難都來找我解決，因為我們會用共同語言，她一直說要給我按，我沒答應。原則是別人請來的，我不可私下佔便宜，最後她臨上機那晚上，哭泣要求不讓她做一次，她絕對不安心回家，只好順了她的意思。指頭按下，由輕至重，連帶着震盪，絕對不會令肌肉痠痛。內功發出，一股暖氣流入雙腿內側，使到整個人欲死欲仙。從此，再也不敢看輕日本指壓了。

另一位功夫絕頂的女人是在印尼遇到的，當年我頸部生了一粒粉瘤，準備去法國醫院開刀取出，吩咐她不要碰到那個部位，她從我的手腳按起，技巧和中國、日本、歐洲、印度和中東的都不一樣，招術變化無窮無盡，沒有一道是重複的，令人折服。

「聽說有一個穴道，一按就會睡覺，是不是真的？」我用印尼話問她，她微笑點頭，雙指從我的眉心按去。

一醒來，她人已不在了，我去浴室沖涼時，發覺那粒粉瘤也讓她給按走，消失得無影無蹤，但一點也不痛，省掉好多住院和手術的費用。

如果你問我最喜歡是哪一種按摩？我一定回答是泰式的。若不是去色情場所，所有的泰式古法按摩，都有水準。按摩等於是別人為你做運動，泰式的最能證明，按摩師抱着你，兩人合一，用她身體全副勁力為你做，是天下最好的按摩。

要找最好的技師有一個秘訣，那就是先付豐富的小費。對於小費，倪匡兄有一點見解，他說：「小費當然是先給，後給不如不給，笨蛋才後給。」

足神

第一次接觸到足部按摩，大概是二十年前的事吧。

當時有一家開在尖沙咀東部，叫甚麼台灣吳若石神父的，到底這個姓吳的是甚麼人呢？

朋友的推薦，說是多麼有效！試過一次，被那按摩師弄痛了，也不見有甚麼成績，就此作罷。

後來聽到周潤發有孝心，學了腳底按摩，替老媽子除病，就覺得是件好事，對吳若石這個名字有了好感。

「腳底按摩哪是他發明的？」在九龍城飲茶時，遇到一位中年男士：「這種功夫我也會，你來試試看。」

好奇心促使，就到了他的住宅兼診所給他按。力道可真大，有時還不用手指，拿一根尖尖的木頭拼命往穴位插去，再能容忍，也皺了眉頭。

「痛吧？痛吧？」那人說：「痛才有效！」

此君有點虐待狂，不斷發問，我也硬着頭皮，強笑着搖頭。

誰誰誰來了，也忍不住！這個人舉出一些在電視上扮英雄的演員姓名來，我只有死硬說一點也不痛，他使得力更大。當然，只上門一次，再也不去，也瞧不起這種甚麼腳底按摩。

後來去了台灣，喝了幾天酒，有點疲勞。招呼我的是一個頗有勢力的人士，向我說：「要不要叫吳神父來替你按按？」

這時吳神父的名氣已頗大，我問：「叫得動嗎？」

「有誰叫不動的？」這個仁兄拍了胸口。

「很貴吧？」

「說也奇怪，他每次出診，按半個鐘，也只收台幣三百五十塊。」大勢力人說。

算起來還不到一百塊港幣，我對這位看錢不重的神父又有了好感，問道：「他是本省人，還是外省人？」

「哈哈哈。」對方笑了：「是個瑞士人，被派來台灣傳教，閩南語說得和本省人一樣，也會講亞美族土話，現在住在山上，我派人把他叫下來！」

不，不，不。我對這個人已起敬佩，勞煩他是種罪過，寧願失去和他見面的機會。

到書局去買了一本吳神父的書，才知道他年輕時喜歡溜冰，跌傷了膝部，到台灣後愈來愈痛，弄到走不成路。當時有位同事說服他按腳，弄得吳神父痛到死去活來，但竟然不藥而癒，從此吳神父研究了病理按摩法，並到瑞士學腳部按摩，回到台灣，推廣了足健法。

吳神父教出來的徒弟甚多，也各自開了一間間的腳底按摩院。台灣人和大陸做起生意來，舞廳、夜總會、桑拿、洗頭店那幾套都搬到內地去運作。涉及色情的，發展有限，但是足浴這一行最健康，政府允許。大陸人生活水準一提高，就會享受，而按按腳，是一個開始。

這門功夫求精就難，但是學起來容易，也用不到甚麼學校文憑，鄉下女孩子訓練起來，幾個月畢業。她們年輕，記憶力好，力道又大，成為專家，是瞬眼間的事。

收費每一小時只要三四十塊人民幣，一天做十個客人，有三四百，給店主分去大部份，也能賺到幾十一百，乘以三十天，說甚麼也比幹其他活，還要強。

其中有些少女，還是天才 The Natural，不但一學就會，而且即刻懂得穴位和病理，人又長得漂亮乾淨，像在汕頭遇到一位姓帥的女生，力道是從輕到重的，看你能受多少力，就按多麼強。指頭壓下去的時候，還帶着震震震的勁道，令人舒服無比。

就算功夫沒她那麼好，其他少女也大批地由窮鄉僻壤湧到城市工作，目前你到內地任何一個地方，不會沒有足浴的場所。

有的移民到香港，另一些嫁到這裏，幹夜總會或色情浴室，第一接受不來，第二也沒有條件，有甚麼比做腳底按摩的更好呢？

當今，香港的足浴室勢如春筍，像七十一一樣一條街上一定有一兩間。

不止香港，到了東南亞旅行，也看到這種現象。當地人學會了，亦紛紛開店，連高消費的日本和韓國，也有少女肯學，幫補一下家用。當然，外國的唐人街上，是不乏大陸去的按摩師。

早在數千年前，中國的先賢們已知人體由十二經絡、奇經八脈，聯繫着五臟六腑、五官七竅、四肢百骸，組成一個有系統的整體，這一套傳到西方，保留了下來，再由吳若石神父帶了回來。

凡是中國的醫療法，都不像西藥那麼一針見血，效果是緩慢的。吳神父主張的足部健康法，藉病理反應現象，加以刺激，透過經絡、神經、體液的傳達，使內臟產生全身性的自動調節作用。說的也是「調節」呀，而調節，並不快。我們的病，是本身抗體醫好，還是靠足部按摩療癒？像服中藥一樣，信者自信，不似一顆散利痛，服了即止。

但是，有一點不可置疑。吳神父傳出來的一技之長，養活了多少戶人家！讓多少沒有學歷的人得到了生存的條件！這可是功德無量的。

像木匠供奉魯班一樣，所有的足浴店都應該擺一個吳神父的造像，敬之拜之，封他為足神，才對！

三叔

「這塊老皮又長出來了。」三叔說。

「你到底是認人還是認腳板的？」我開玩笑。

「當然是認人多一點囉。」三叔調皮地：「不過，腳板的印象比較深刻，也比人好看。」

二十多年前，我剛到香港，在邵氏片廠裏幫一班武師拉威也，把演員吊上半天的時候，一不小心，踏到一根又大又長的釘，拔出來後流血不止。休息了幾天，發膿，逼得要到醫院開刀。

出來之後滿臉鬍鬚，拄一根枴杖，一跛一跛地去尖沙咀吃宵夜時，遇到從前的印尼女友，她憐憫地望了我一眼，坐上賓士揚長而去。心中一定在想：「好彩沒嫁給這個人。」

痊癒之後，腳板上傷口處結了一塊硬皮，穿起鞋來很不舒服，便去寶勒巷的「溫泉浴室」找師傅修去，在那裏，我遇到了三叔。

三叔，揚州人，做修腳這一行至今五十五年了，他本姓謝，排行第三，大家只管三叔三叔地叫，工作的地方已沒人記得他姓甚麼。

在香港，應該是第一把交椅吧。三叔前來修腳時一定跟着提一盞電燈，把毛巾放在燈罩上，烘熱了，包住客人五根腳趾，待溫熱軟熟後，把包圍着趾甲的皮一刀一刀地，仔細地修個乾淨。

然後便是用刀把硬甲削薄。

「腳甲一長，便頂住皮鞋，走久了，腳甲會鑲入肉中。」三叔解釋。

修薄後，推着平頭刀，過長的部份便很順手地削平，絕對沒有腳甲鉗「咔」的一下之後的痛楚。

雙腳趾甲修完，三叔用手一摸，凡遇堅硬之處便以刀刨之。起初是小小一片，後來越來越大，一層層的皮，似雪花落在地下。

大功告成。

眼看那雙腳，像初生嬰兒一般柔滑。走起路來，感覺上全身輕了幾磅。

三叔這一頓工夫，足足要一個小時以上，有時兩個鐘。

「現在大陸裏邊一共有多少位師傅？」我們閒聊。
「全國加起來，據我知道，不到一百個吧。」
「台灣呢？」
「二十個最多。」
「香港？」
「十個左右。」三叔說。
哇，除了這三地，已沒有修腳這行業，全世界一共也只得一百四十位專業人才。
「我們也算是瀕臨絕種的稀有動物了。」三叔笑着說：「怎樣沒人保護？」
沒有修腳經驗的年輕人，絕對不了解這門手藝的偉大。一切腳部的奇難雜症都能醫好，當西醫要叫你去開刀的時候。
三叔用的那把刀，和我雕刻圖章的形狀一樣。石頭的篆刻藝術並不能造福人群，三叔的絕技是活生生的，對人生來講，更有意義。
前些日子在墨西哥工作，一連幾個月泡在乾燥的沙漠中，腳踵的硬皮越長越厚，最後還龜裂，走起路來很痛，每天想起三叔，要是能找他修一修，那有多好？

每次出遠門，回到香港，第一件要做的事是去嘆早茶，到了傍晚泡泡浴池，擦去背上老泥之後，最大享受，便是請三叔修腳。

知道三叔的存在，有強烈的安全感。

有一陣子在溫泉浴室看不到他的蹤跡，打聽下來，去了加拿大移民。那種失落，比見不到老朋友更傷心。

「你那邊有多少個親人？」我問。

「五個孩子。」三叔說：「兩個留在香港，三個在多倫多。他們叫我去享清福。他媽的，原來清福是那麼難享的！」

「總可以打打麻將吧。」

三叔的人生，最快樂是打小麻將。

「難道多倫多找不到搭子？」我問。

「不。」三叔說：「搭子還是湊到的。」

「那麼？」

三叔說：「每次打麻將，要坐一個多鐘頭車，打完後又要人送回家。送了幾次，不好意思。」

「那就跑回來？」

「是的。」三叔說：「搭飛機還嫌慢，最好有火箭。」

「還是香港好？」

「當然囉。在這裏打麻將，不同就不同。散了之後，走下街，吃一碗雲吞麵才回去。在多倫多，三更半夜，找甚麼鳥麵？」

「不怕九七？」

「逼來了再說。」三叔笑道：「高幹們的修腳癮，也很大呀。」

電話又來催促，三叔不做下個客人。提着電燈，消失。

鬚刷頌

女人。這篇文章與汝等無關，請勿看下去。題目已清楚說明，何必自討沒趣。

「鬚刷是甚麼東西？」小朋友問。

讓我詳細說明。從前到理髮店，自稱為上海的師傅，其實來自揚州。手上拿着一管柄子圓碌碌，是象牙製造，頭上有軟毛束成的刷子。

浸了熱水，往地上一摔，去掉多餘的水珠，就在肥皂上磨擦出大量的泡沫來。塗在客人臉部下半截，包括一大部份頸項之後，開始為你刮鬍子。

仔細的師傅還會用一條熱毛巾蓋在你臉上，讓鬚根發軟。塗了肥皂，敷上另一條燙人的，才再次用鬚刷癢癢痕痕地把肥皂沫在你的臉上磨。這種感覺，異常舒服。非親身經驗不可，當然女人是不懂的了。

打泡沫也有學問，肥皂用個瓷器道具盛着，像漱口杯般有個手柄。杯頂是半圓形。凹進一個空位裝半圓形的肥皂。杯子前端有個三角形的洞，先注入熱水，把鬚刷從口中插入，沾了水才打泡。由左至右順時針圓圈圈磨，力道不可太大，也不能太微弱，很有恆心地磨了又磨，才能產生最幼細的泡沫來，在英語中不用bubble來形容，磨到lather的程度，才令人滿意。

磨擦是一種很美妙的感覺，令人昏昏欲睡。

小時候和鄰居女孩玩泥沙，她們都愛扮護士，我不允許，命令她們做理髮師，用樹枝當剃刀為我刮鬍子，那時候我從沒走進理髮店，可見這種享受是天生俱來的。

長大了去韓國，在沒有暖氣的鄉下理髮舖裏，少女用雙手磨擦出熱量，抹在臉上才刮鬍子，記憶猶新。

愛人的長髮在你臉上和頸部磨擦，更有如從前的電影廣告：緊張香豔刺激肉感，所以古語中有耳鬢廝磨這句話。

繁殖方位的磨擦，更是欲死欲仙，這是上蒼製造的奇蹟，讓人類傳宗接代，否則像熊貓一樣對磨擦沒甚麼興趣，我們早就絕種。

《花生漫畫》中的萊納斯，拿着的那條安全被單，也是因為喜歡磨擦。他把被單放在耳邊，就響應了古語的耳鬢廝磨。另一隻手吸噬拇指，又象徵些甚麼？可想而知，這都是上蒼為他準備的後來運用技巧。

別以為漫畫中才有這種人物出現。鍾楚紅的先生朱家鼎，小時候也拖着安全被，沒有了它不能入眠。朱媽媽只有乘他上學才拿被單去洗，愈洗愈爛，用剪刀去邊。一年復一年，一大條被單變成小手絹，還是沒它不行。不知現在改掉這個習慣沒有？下次遇到阿紅一定要問問她。

南洋人都愛用抱枕，我弟弟三歲時就懂得將綁住抱枕的布袋帶頭，小心翼翼地拆開，撕成一個毛茸茸的小刷子，在鼻子上輕輕磨擦，才很快睡去。

沒有人教他。

男人除了喜歡磨擦，還愛鑽入的感覺。我的兩個小侄兒，一次被父母帶去野外露營，鑽進睡袋，從此上癮。回到家裏已經不肯睡床，嚷着要鑽睡袋，還要學營帳中吊起來，他們的雙親只好把這兩個小子的睡袋掛在牆上，像兩隻小蝙蝠。

很少聽到女孩子有這舖安全被單的癮，也沒聽説過她們喜歡鑽洞，這也是天性吧？她們只抱洋娃娃。

回到鬚刷，種類極多，價錢從數十元港幣到幾千塊一管。也有不同的大小，天生一個大鬍子，可買一管大得一塗就是半邊臉的。

便宜鬚刷不知用的是甚麼人造毛，或者是豬鬃吧？貴的把貂毛紮起，柔軟得像嬰兒的頭髮，但又有讓人用手磨擦的硬度。用個幾十年，毛也不翹一根，真厲害。

香港在甚麼地方可以買到鬚刷呢？大間一點的藥店也兼賣化妝品，這部門也許有貨。不然到日資大百貨公司的男性用具部找，但價格很貴。他們從外國輸入，再拿到香港來賣，當然貴了。到德國、北歐諸國旅行時購入，就便宜得發笑。

著名的鬍刷店是英國的 Taylor Of Old Bond Street，它是一間歷史悠久的舖子，專門經營與剃鬍子有關的東西，像半圓形的肥皂和各種肥皂瓷杯。大大小小的鬚刷不下數十種，向店員詢問時，可說有沒有 Badger？

地址：74, Jermyn Street, St. James, London SWIY6NP

電話：0171-930-5321

傳真：0171-930-8482

電郵：taylorofoldbondstreet@ibm.net

男人用老人牌安全剃刀，已失盡雄赳赳的威風，那罐噴沫筒肥皂，更是娘娘腔，快將它丟掉。刮鬍子的時候，最少要用鬚刷來打泡沫吧？

鬚刷磨擦臉部的那種舒服的感覺，不是文字能夠形容，也非女人可以了解。她們有霸佔人家地盤的天性，我們男人，更加應該珍惜這柄鬚刷，這是僅有她們不想爭奪的東西。

「你看你，又乘機罵女人！」小朋友說。

所以，一開頭就叫你們別看下去了嘛。

髮福

住在香港，最缺少的福氣是沒有好的理髮廳。

數十年前經此地，光顧尖沙咀加連威老道的上海理髮舖，師傅們口咬香煙，白制服已染黃，拿着根手動髮鉗，彈簧生銹，按動時依呀依呀作響，剪至一半，夾住頭髮，那傢伙忽然把髮鉗拉開，頭髮連根拔起，痛得淚涕直流。此廝道歉也不道歉一聲，拿着一團兔毛粉拍在我頸上拍了一層難聞的粉末，繼續依呀依呀地鉗，正要抗議，師傅大力地把我的頭一按，怕他把頭剪成三傻樣，只有乖乖就範。

好歹地理完髮，洗頭是俯着身，埋頭在洗臉盆中，花灑的水一陣冷一陣熱，師傅拿了一塊石磚大的肥皂大力地擦，也不管肥皂水流入眼鼻，差點被弄得氣窒。

洗完頭，用管灰白色銻製的大風筒吹熱風，另一隻手拿了條大毛巾搏命地壓，又一陣劇痛，好大臭味，原來頭髮已被燒焦。

啊！此等噩夢，記憶猶新。

終於出現因果循環的報應，上海理髮廳一間間的關門，代之的是通街林立的新派「髮型屋」，由幾個嘴邊無毛的小子掌管，只知一味討好女賓，對男客愛理不理，但一理起來，還肉緊到送你一個吻。恐怖之極。

吾等一輩，理髮總要看來不像是一個新頭，但摩登髮型師，豈能聽顧客所言？他們個個都是性格巨星，不但自己有性格，還要將性格強姦你的頭！從髮型屋走出，即刻要光顧鞋帽店，才敢上街。

現在年輕人，剛剛與我們相反，主張以新頭示眾，目前更流行留着外層的長髮，卻把髮邊剪得短短地，變成一個新舊同體頭，勇氣可嘉。

街頭巷尾的髮型店不行，以為到酒店內的高級店舖不會出毛病，哪知功夫比街邊的更差，付款時數百上千，旁邊一個電了髮的八婆，頭上似雀巢，一下子給了兩千五，面不改色。唉，唉，好理髮廳，何處可尋？

走過中環，見頭上有一管紅藍白的長筒在滾，是某某女子理髮店，啊，這一下可好，總能找到一間又好又舒服，而且是女人玉手打理的飛髮舖子了吧！

沒有電梯，直爬上三樓。

一衝進門，燈光幽暗，心頭一震，是否入了黑店，暗叫不妙，轉頭就跑。豈知出現了兩名貌似白髮魔女之中年婦人，阻住去路。好，既來之，則安之，看看對方能出何等怪招。

被按在理髮椅上，魔女們也不浪費唇嘴，立即脱吾褲子，欲施五陰白骨爪，奪我童貞！

啊得一聲大叫，把魔女推開，扔下鈔票，才能脱身，捏一把冷汗，又是一場惡夢。

所以説住在香港，最不過癮的是沒有好的理髮廳。

何謂好的理髮廳呢？請聽我道來。

好的理髮廳，客人坐上寬大又舒服的沙發椅。女侍應奉上煙、茶或啤酒，以及清潔的熱面巾。

小廝前來，把鞋子拿去擦得像一面鏡子。

先由一名妙齡女郎替你刮鬍子，棄現代的噴塗刮鬚膏，她以原始的毛刷在肥皂上打出泡沫，為你塗上唇邊，以熱毛巾敷之，再次塗皂沫，又敷熱毛巾。

等到鬍鬚軟熟，她用一枝細得像筷子的鋒利剃刀，找到一根鬍子挑一根，慢慢地刮，過程至少二十分鐘。然後剃臉，原來她的剃刀可以伸進客人的耳洞，將細毛刮去。

抹上剃鬚水之後，她將椅背豎直，一溜煙地消失。

跟着來的是一位中年的老師傅，他專門負責理髮，問他為甚麼不剃鬍子，他回答說自己的手不夠柔軟。

師傅先遞一根梳子，讓客人把自己的手式梳髮，他立即會意，按照舊習慣飛出一個自然、不長也不短的頭來。

師傅又不見，來了一個精力充沛的青年為你洗頭，先以指甲刮頭皮，後用指肉做按摩式的沖洗，他再次地詢問客人力道夠不夠？水會不會太熱或太冷，直到客人連讚滿意為止。

洗頭時客人是橫臥着的，椅子和洗臉盆連接得天衣無縫，不像一般頂住頸項的設備，舒服到極點，侍女在客人的腿部接上另一塊大沙發，成為長床。同時間，另有兩個女子為你按摩全身。

擦乾後，灑上髮水，接着是採耳和修手甲。腳部用茶葉浸之，跟着是修腳趾。絕對不含色情成份。

前前後後，一共是兩小時以上，消費每次約三百元港幣左右。這種服務，韓國做得最好，台灣次之，泰國、菲律賓、新加坡、馬來西亞都有，當然熟客是比較着數的。只有香港最落後，原因很簡單，香港女人少，高竇得很，不肯做這種仔細的功夫。

不過重賞之下，必有勇夫，香港的桑拿浴到處都是，優秀的按摩女郎也不少，自然可以訓練一批來開理髮廳的。桑拿浴室佔時太多，各部門的小費又要求過甚，已有厭倦的感覺，客人想鬆弛一下，到理髮廳去換換口味，其實是一門大生意。

但是最可憐的還不是香港人，是那批移民到外國去的，理髮時遇到大批金髮無敵女金剛，夠受的。

四、身外物

古董買賣

和一位美女古董鑑賞家聊天。

「如果我家裏傳了一件舊東西，要怎麼處置？放在家裏幾十年了。」我問。

「要是假的，放一百年也沒用。」她笑了。

「這我知道，但是有甚麼途徑辨別一下？是不是一定要拿到拍賣行去？」

她娓娓道來：「當然可以，但是你要知道，所有古董的買賣，拍賣行只佔了十分之一都不到，多數是行家和行家之間的交易。」

「要怎麼樣才能接觸到行家呢？」

「所有的字畫、玉器、瓷器、銅器等等，都有一個小圈子，只要你認識其中一個，由他介紹和推薦，就可以幫你鑑賞。但是，一定要有特別的關係，這些人不會貿貿然替你看。學問，到底是值錢的。」

「你這麼說，可就難了，甚麼人都不認識的話，也只有拍賣行了？」

「可以拿去試試看的。」

「大拍賣行也不知道我是甚麼東西，他們會見阿貓阿狗嗎？」

「好的拍賣行不會錯過任何有可能成為交易的機會，有些甚至設有一個櫃台，在辦公時間替客人鑑賞。」

「這麼説，拍賣行最可靠？」

「也不是，如果當天拍賣行的這個所謂的專家，是一個Jack of all Trades（所謂全能）的，也不一定看得懂。你要知道，每一種藝術都有一種專門人才，花了一生去研究，這個才看得出作品的真假。」

「如果給他看中了，再下一步是甚麼？」

「他們會替你訂一張合同，説賣成了收多少巴仙，你也得付保險費、包裝費和拍照記錄費及運費等等，賣得成的話，由款項中扣除，賣不成你得付現金。」

「通常收多少巴仙？為甚麼要收運費？」

「由十到二十，看你怎麼交涉，他們會建議某種東西適合在某地市場才賣得高，運費就發生了。」

「如果在拍賣中賣不出去，可以拿到另一家試試看嗎？」

「在我們行內的術語，這件東西已經燃燒 burned 了，很少人會再去碰，這個圈子，到底不大，大家都知道。」

「拍賣是你爭我奪，我可不可以拿一件東西去，叫兩個自己人去搶高價錢，然後再賣出去呢？」

「甚麼欺詐的行為都會發生，這一招是老到掉牙，能到拍賣行去的人都不是傻瓜，如果一件作品沒有那種價值，是逃不過這群人的眼光的。」

「但是，在拍賣行買到假貨的例子也有呀。」

「不但有，而且經常發生。」

「那麼可不可以告他們？」

「我們這些所謂的專家，都是從買到假貨學起的。一般，都不出聲，咕的一聲吞下去，當成交學費。如果要證明是假的，也要有被公認為專家的人，肯替你出頭，拍賣行才會賠償給你。不過，和你訂的合同上有很多行小字，都是保護他們自己的，要告人，沒那麼容易告得進去。」

「你剛才說還有十分之九的買賣是靠專家，那麼專家們會不會到拍賣行去參加拍賣呢？」

「東西一經拍賣行，一定先把價錢提高了。不過，專家們也會去拍賣行的，因為他們不會放過買到好東西的機會，雖然他們很少出手。」

「在古董商店能不能找到好東西呢？」

「機會不多，但有可能，而且價錢乍看之下很貴。不過不會貴過拍賣行。」

「那麼行家和行家之間的交易又是怎麼樣的呢？他們怎麼賣出去？」

「要成為行家，一定要從另一個行家學習，學習過程認識其他行家，做人誠實，才會被大家接受。這一行圈子很窄，互相有一個網絡，互相介紹好東西。他們也會在各個重要的藝術展覽會中陳設一個展示廳，愛好者自然麕集。」

「舊的賣光了，新貨呢？」

「成為專家後，對收藏品是很熱愛的，如果他們放出，是貨源的一種。有些是普通人家賣出的，像中國的好些古董都流散到歐美去，要是打聽到有一兩件，馬上就乘飛機去看了。」

「會不會白跑一趟呢？」

「之前會有資料參考的，值得去才去。當然，初入行的時候會走很多冤枉路。」

「怎麼成為專家？成為專家，要花多少年？」

「像當舖的學徒一樣，從眼光學起，看多了，失敗多了，才學會。這一浸淫，至少要二、三十年工夫吧？最重要的是自己有一分熱誠，對這些東西有無窮的愛好，才能堅持下去。你問了那麼多，你有很多收藏要賣嗎？」

「呸呸呸，收藏了，還要拿出來賣，倒祖宗十八代的楣了。」我說。

她又笑了：「你不是在罵我吧？其實，買了賣，賣了買，愈來愈精，那種樂趣，也不是一般人能夠享受到的。」

男人味

男人一搽香水，便留給人一個娘娘腔的感覺，所以他們永遠不會承認，只是說：「啊，那是洗頭水的味道。」

大家都洗頭，為甚麼又沒那麼香，男人又說：「啊，那是鬚後水。」

還是德國人老實，早在一七九二的二百年前，他們便自認搽香水，發明了古龍水，最出名的是四七一一。四七一一只是一股清香，並不像女人香水那麼濃郁，壞在灑上大半瓶，味道一下子便消失，搽了等於沒搽。

跟着社會的繁榮，以及女人香水市場的飽和，商人拼命向雄性動物打主意，開發了龐大的男人古龍水生意，每年的銷路，是個天文數字。

今天，男人的臉皮越來越厚，也不介意別人怎麼說他，一味大搽古龍水。而且男人不斷地要求把香味加濃，本來一瓶古龍水有三個巴仙的香油精，已加到十個巴仙了。

味道最強烈，也最受歐美人士歡迎的應該是 Aramis。有一次在飛機上遇到一個穿西裝的黑人，他灑的只有十個巴仙香精的 Aramis，怎麼樣也抵不過身體發出的一百個巴仙的狐臭，這種混合了的毒氣，比任何污廁還要強烈一萬倍。

女人身上便聞不到，因為她們有香水。男人至今還沒機會搽上正式的香水，在男士古龍水中從前沒有強調「最貴」，如女人的 Joy，真是可憐。

當然還是有很多人討厭男人搽古龍水，但是如果你經驗過大陸名勝中的人群汗臭，你會寧願男人都搽香水。

好了，現在我們男人開始買古龍水吧。挑選哪一種最好呢？

世界上有成千上萬的古龍水牌子，但香味系統逃不過香味四大家族：Citrus 橘子香：含有檸檬、柑、橙花等混合的味道；Chypre 素心蘭：其實和素心蘭花無關，含有橘子香、橡苔之混合味道；Fougere 馥奇，只是個讀音譯名：含有薰衣草、橡苔及藿香的混合味道；Oriental 東方香型：含有香草琥珀的混合味道。

在歐美賣得最多的二十種名牌之中，素心蘭系統佔得最多，有八個牌子：Aramis 公司的 Aramis, Halston 公司的 Halston Z-14，Hugo Boss 的 Hugo，YSL 的 Jazz，Christian Dior 的 Fahrenheit，Estee Lauder 的 New West，Ralph Lauren 的

Safari For Men，以及 Calvin Klein 的 Escape For Men。

第二位是馥奇家族，有六種，Rabanne 的 Daco Rabanne、Ralph Lauren 的 Polo、Loris Azzaro 的 Azzaro For Men、Guy Laroche 的 Drakkar Noir、Davidoff 的 Cool Water、Calvin Klein 出品的 Eternity For Men。

第三和第四是，橘子香家族：Christian Dior 生產的 Eau Sauvage，Armani 的 Armani For Men，Lacoste 的 Lacoste。東方香型家族：Chanel 的 Egoiste、Calvin Klein 的 Obsession For Men，最後是 Paloma Dicasso 的 Minotaure。

美國文化傳統敵不過歐洲，美國人對香味的要求並不考究，而且是廣告之宣傳力量下的產品，所以首先可以把美國廠的古龍水由上述的名單上刪除。

德國時裝公司的西裝，永不及法國的設計和意大利的手工，所生產的香水好極有限，也可以不用考慮。Davidoff 的雪茄和白蘭地皆有水準，副產品的古龍水不會差到哪裏去。

畢加索的女兒設計的 Swatch 手錶被抬舉得價錢甚高，但在國際服裝和化妝品上還未奠定她的地位，所出的古龍水是好是壞，你也應該知道。

Paco Rabanne 雖然歷史不久，但是古龍水卻有一股不膩的幽香。

運動家型的男子，Polo較適合吧，傳統一點的用Fahrenheit不錯。愛羅曼蒂克氣氛的，可用Jazz。至於高尚男士，多驕傲，用襯名字的「自戀狂Egoiste」好了。

除了人造的香味之外，男人本身是否真正有男人味呢？當然有啦，我們身上發出的味道，就是男人味，最原始時用來挑撥起女人的性慾，哪怕是汗味或者是狐臭，各花入各眼。我們的臭味，對喜歡我們的女人，都變得難忘。也許，有一天我們被外星人抓去，拼命地抽出我們的狐臭，就像人類採取鯨魚精子和麝香當香劑一樣。

說正經的，狐臭太過怪異，有一種叫Byly的西班牙藥膏，可以讓狐臭發酵成酒精地蒸發掉，很有效用，可惜最近已不進口。總之，男人只要多洗澡，便有一股自然的香味。

至於真正的男人味，是抽象的。

男人在思考的時候、在做決定的時候、在創作的時候、在發命令的時候，都有男人味。對身邊人類起不了作用的男人，就算浸在一缸古龍水中，聞起來，像殺蟲水居多。

手杖的收藏

嚮往十八九世紀的紳士拿着手杖的日子，那時候的人已不提劍，用手杖當時尚，做出種種不同的道具，是優雅的生活方式。

手杖Walking Stick，中國人說為枴杖，要身體殘缺時才用，這和我想像的差個一萬八千里，故從不喜這個字眼，龍杖倒可以接受的，像壽星公或龍太君用的那根，《魔戒》中倫道夫的也很好看，但都不是我要談的。

自從倪匡兄因為過肥，要靠手杖支撐，我就每到一處，都想找一枝來送他，走遍古董店，不斷的尋求，他用的，怎可以是那種廉價的伸縮型手杖呢。

最初在東京帝國酒店的精品部看到一根，杖身用漆塗，玫瑰淌血般的鮮紅，表面光滑，美不勝收，愛不釋手，即刻買下。

送了給他之後，也喜歡的不得了，但是少用，是因為怕弄壞了或丟掉，所以得不斷地尋求。終於有一天，在北京的琉璃廠看到一根花椒木的，中國人做手杖自古以來都用花椒木，說磨擦了對身體好，買下，是看到它的形狀。

枝幹四處發展，開杈處剛好托手，杖頭有角，像梅花鹿，真是有形有款。拿着它，從古董店走出來，乘人力車經過的洋漢看到，翹起拇指，大叫：「Wow！Cool Man, Cool！」

從此，引發起我收藏手杖的興趣，尤其是我自己也要用上，在做白內障手術前，我一隻眼睛看不清楚，梯階感覺不到，像把3D看成了2D，是平面的，得靠手杖，大叫過癮，可以一天換一枝來用了！

發掘手杖，先從分類開始，有城市用的和鄉村用的，前者也分Crooks，是把彎柄手杖，像雨傘那種。杖頭前短後長，接連到其杖身的叫Derby，讓人帶到賽馬場去，鄉村用的多數是一枝過，手把圓形或分杈，種類多得不得了。

Derby手杖的手柄，銀製的居多，做成種種動物的形狀，有魚、鴨、狗、狐狸或獅子這些純銀的頭，看銀子的重量，有些賣得極貴。

當然也有一拉開就變成一張小椅，杖尖可以插在草地上的手杖，那是特別用處，不值得收藏，還是帶有趣味性的好，一談起，當然想到杖裏劍的，我買過一枝，劍鋒成三角形，一拔出來冷光四射，奈何不能拿上飛機。

有趣的還有扭開杖頭，就是一根清除煙斗的器具，也有一根是開瓶器的，另外可以掏出五粒骰子來玩。神探 Poirot 用的那把，手柄可當望遠鏡，上網一查就能買到複製品。我買的那枝杖身挖空了，可以放進三四個吸管形的玻璃瓶，一個裝白蘭地、一個威士忌和一個伏特加。

到哪裏去買呢？世上最好的手杖店應該是倫敦的 New Oxford St 五十三號的 James Smith & Sons 了，它從一八三〇年開始，賣的是雨傘，當然也附帶生產手杖，最為齊全，也負責替客人保養一世。

當今我常用的手杖，好幾枝都是一位網上好友送的，她知道我喜歡，在歐洲替我寄來，一枝是用黃花梨木做的，杖身很細，但堅硬無比，杖頭用鹿角雕出，和黃花梨的接口連結得天衣無縫，非常之優雅。

另一枝杖頭圓形，用銀打的，花紋極有品味，杖身的木頭用 Snakewood，是極罕見的木頭，在中美洲和南美洲發現，特徵是分枝對稱地長出，做出來的手杖有凸出來的粗粒，堅硬無比，又不很重。

最近寄來的那根，有個包薄皮的長方形木箱裝住，打開一看，是用非洲的 Macassar 黑紫檀做的，杖頭純金打造，有 62.8 克重，刻有法國貴族的家紋，一九二五年由當時的巴黎名家 Gustave Keller 設計。

但並非每一枝手杖都是名貴的，在雅典的古董舖中隨便撿到一枝樣子最普通的彎柄手杖，長度剛好，就用二十歐羅買下，陪我走遍歐洲和俄國，不見了又找回來，很有緣份，同行的朋友都在打賭是用甚麼東西做的，有的說是藤，有的說是橄欖的樹枝，爭辯不休，說回香港後找植物學家證實一下，至今尚未分曉。

值得一提的是遊俄國時適逢冬天，我有先見之明，在大阪的大丸百貨看到一個鐵打的道具，像捕獸器一樣可以咬住杖身，下面有尖齒，在雪地上行走也不會滑倒。

上次去首爾，找到一位當地著名的銅匠，我極喜他的作品，杯杯碗碗都是銅製，用銅匙敲打一下，響脆聲綿綿不絕。介紹了許多團友向他買，為了感激，他問能為我做些甚麼？我當然要求他用銅替我做根手杖，不過他回答銅太重，還是不適宜，即刻跑去找他做木匠的朋友替我特製一把，用的是白樺木，已經削皮磨白，中間那段還留着原木痕跡，手把做成一隻鴨頭，有兩顆眼睛，甚是可愛。

最後一根手杖還沒到手，剛從北海道的阿寒湖回來，那裏有一位我最喜歡的木刻家叫瀧口政滿，他的作品佈滿「鶴雅」集團的各家高級旅館，我也買過他一隻貓頭鷹，也曾經寫過一篇叫〈木人〉的文章講他。

這次又見面了，他高興得很，又問能為我做甚麼，我當然又回答要手杖了，請他設計杖頭像他刻過的「風與馬」中那少女，飄起了長髮，他答應了，下個農曆新年又會帶團去阿寒湖，到時就能有一根獨一無二的手杖了。

終於又來了一趟北海道阿寒湖，繼續我的手杖收藏之旅。第一件事當然先去拜訪木刻家瀧口政滿，他走到店後，找出我訂購的手杖。

一看，有點失望，並不是我想要的。

「怎麼不是長髮少女的造型呢？」我問。

「沒木頭呀。」他在紙上寫着。

瀧口是一位有語言障礙的藝術家，我們的溝通方式是書寫。他接着：「你知道我雕作品，從來不肯伐木，用的都是湖上漂來的朽木，今年沒有木頭漂過來。」

「這一根是櫻花木吧？」我問。

他點頭：「是我家後院種的櫻花樹，枝頭積了大雪，折斷了，拿來替你做手杖，剛好。」

櫻桃樹分兩種，一種只是觀賞花朵，另一種可以長出櫻桃，長花的樹，枝幹光滑，有一點一點的橫斑，外表像長着一層油，深棕色中發出亮光。

仔細一看，在彎折處，瀧口替我雕刻了一個少女的面容，微笑着，如果用來打人，凹進去的傷痕還有一個人臉呢，才愈看愈是喜歡。

鞠躬道謝，即刻用，拿在手上，看到的人都問是否櫻花木，還看出頭像，驚嘆出來。這根手杖之後一直陪伴着我，變成最愛用的手杖之一。

當然，我不會放棄瀧口其他作品，不停地打電話去問甚麼時候才有，他答應會通知我。

飛回東京之後，第一件事就去銀座，找到了手杖專門店，叫「Takagen」。

地址：東京都中央區銀座 6-9-7

電話：+81-3-3571-5053

網址：http://www.takagen.jp/

每一個大都市都有一間古老的手杖店，倫敦有了James Smith & Sons，東京有Takagen。

在明治十五年（一八八二年）設立，最初是經營刀劍的，廢刀令施行之後改為賣手杖和洋傘。明治初期日本人受外國影響極深，紳士們都學英國人拿手杖當飾物，像古代中國的文人相遇時互相拿出扇子來比較，當年日本紳士是欣賞對方的手杖，流行一時。

店中商品令人眼花繚亂，我竟然選不出自己喜歡的。有一枝頗古樸，造型並不突出，但一見便喜歡，想起我給倪匡兄那枝花椒木的，形狀雖美，可是脆弱，就即刻買下送他。

到底是這位老兄見聞廣闊，一看就知是根叫「赤藜」的木頭，提起輕巧，但極為堅硬，幾千年前的商朝已有文字記載說用此木做杖，是為上品，比花椒木更早。

手杖的收藏，最初以外形為主，漸漸地，便進入欣賞木頭。我一次又一次地造訪 Takagen 這家店舖，從外形買起，至今進入木質階段，這次又去買了一根不起眼的，黑漆漆，但賣得很貴，原來是金絲楠木，店裏說這是上百年的木頭了。

有次我拿了那根「蛇木 Snake Wood」的手杖上門，說杖上還留下對稱的橫枝模樣，店裏的人說這是後來故意刻上去的，我有點不信，哪知他笑嘻嘻，請我到後面的工場去，從架子上拿下一條木頭，直徑有二英寸之大，說所有用蛇木做的手杖，都從這種大木頭削起，到最後才磨成又細又長的手杖來。

「那麼訂製一根要多少錢呢？」我問。

「三百五十萬円。」對方回答。

怎麼看出是蛇木呢？它有獨特的花紋，有的還現出一個個羅馬字母的P字，所以英文名中有「字母木 Letter Wood」的別稱。

另外看到一根，把手柄扭下來，再轉開蓋子，就是一根煙斗的，也買了下來。天氣已冷，可以開始抽煙斗了，近來香煙已不碰，只抽雪茄，偶爾轉換抽煙斗，亦是樂事。

Takagen的玻璃櫥窗中，擺着一根鎮店之寶，有個銀製手柄，一隻鴿子的造型，店裏的人說許多日本文化，都從中國傳來，他用 Itadaki 這個字眼，是「賜」的意思，很尊敬中國文化傳統。

中國周朝有「優老賜杖」之禮：五十歲家裏的人送的，六十歲是鄉里送的，七十歲是國家送的，到了八十歲，是宮中送的，這在《禮記卷四》中有所記載。

八十歲的這根手杖，有個鴿子的手柄造型，魏朝年代叫「鳩杖」，也叫「玉杖」。店裏這根是複製品，我問有沒有得賣，他們說沒有，但很好奇地問：「如果有的話，用來賜給誰？」

我笑着：「當然是賜給自己囉！」

從東京的 Takagen 一轉，手杖收藏的追求來到了京都，在這裏找到了「Tsueya」手杖屋。

先介紹這家店的老闆，名叫坂野寬，五十多歲，人長得略胖，整天笑嘻嘻的，但一講到身世，眼淚掉個不停。原來他在十年前發現視力愈來愈弱，幾乎有盲眼的可能性，後來得知經電腦可以放大報紙和雜誌，才漸漸對人生有了希望。從此，他決心開一間手杖店，幫助有視障的人。

手杖這種助步道具不好玩吧？也不是，他把各種設計和色彩及功能帶進了灰色的世界，把手杖變成一種時尚，一種令人不覺老的東西。

從世界各地，他收集了近十萬枝的手杖，其中當然包括手裏劍，像盲俠座頭市用的那把，當然是不鋒利，殺不死人的。

將手柄一拉開，裏面藏着三粒骰子，就能在無聊時和朋友們玩起來。消磨時間罷了，不必認真賭。

我到店裏，買了一枝藏酒的，是 Fayet 廠的產品，法國人的東西，裏面有一個小玻璃杯，再轉，另一個杯子冒出來，又轉，取出一枝很長很長的玻璃管，至少可以裝一小瓶白蘭地或威士忌。

另一枝，杖內沒有藏玻璃杯，只是一管更長更大的瓶子，原來是裝茶或咖啡用的。

好玩，但不一定買的是一枝吹筒，暗格中藏了三枝帶羽毛的箭，放進管子一吹，箭飛出，可刺人。

最普通的是雨傘了，但是做得那麼精細，怎麼看也看不出能夠藏在杖裏。

開木塞用的開瓶器很普通，但是忽然要找時很好用，是酒徒恩物。

我在店裏又買了一根手杖是全黑色的，黑得發亮，但頭部是一朵鮮紅的玫瑰花，剛好用來襯托我的「蔡瀾的花花世界」賣的玫瑰花系列食品。

最實用的是拉開就是一張小櫈子，最原始的是附着一個手搖的鈴，像舊時腳踏車用的那種，叫人讓路。

在店裏還看到一枝刻着《心經》的手杖，只是不喜歡字體，所以沒有買下。

老闆坂野寬一心一意造福人群，自己發明了一管手搖的電筒，用LED照明前路，後面有管閃紅燈的設備，防止黑暗中有車子來撞。電動器可以震動，變成一管按摩器，他笑說寂寞的女性可以一用了。當今他已被封為人間國寶，他的店已有七八家，賣十萬枝以上的手杖，如果客人行動不便，他把一輛卡車改裝成流動販賣店，有需要的老人一打電話，他即刻上門服務，說自己最大的願望是賺到了錢拿去捐給失明人士。

我的手杖收藏不停地增加，目前只是一個開始，總之每到一處，第一件事就是找古董店，看看可不可以買到一些稀有的製品。

在摩洛哥的市集中，找到一根鐵做的，鑲着各種寶石和牛骨鹿角，手柄一轉，裏面藏着一把鋒利的小刀，大概是用來割羊肉用的，但是我嫌它重，又有殺傷力，所以只用了一次就擺在牆角。

也不是每一枝都很貴，台灣人用強化塑膠做了一枝非常輕的手杖，上面印着美麗的藍色花紋，我在穿藍色衣服時用來襯一襯，也好玩。

另一枝是全紅的漆器手杖，買來過新年的，但沒有我送給倪匡兄那枝美麗，我一定要不停地去找，找到一枝和他那枝一模一樣的為止。

有時買了，查不出是哪裏做的，像那枝印着 Ahlat 字樣的，手柄從來沒見過，是個圓圈，拿在手上，不知哪一頭是頭是尾，用左手拿還是右手拿也不知，最近看到一電視飲食節目，老闆也是手杖收藏家，他也有一枝，改天有機會上他的餐廳，問問看是哪裏造的。

也有一枝是左手用的，才知道手杖分左右手，這一根有個木頭的墊子，走起路來才知好用，但不能換手，我又不是左撇子，買來好玩而已。

最得意的是最近買的一枝羊角柄的，羊角大到不得了，但又不是很重，見到的人，都說「有型」，喜歡得很。

有一本專門講手杖收藏的書，是日本人坂崎重盛寫的，書名叫《我的奇怪奇怪手杖生活》，「求龍堂」出版。書中，他說收藏者是一個獵人，到處狩獵，而獵物是手杖，看了頗有同感。

手杖除了手柄、杖身之外，還有尾端的那塊墊子，一般收藏家不去注意，買了一枝名貴的，但墊子內的是一大塊樣子很醜的膠墊，看得倒胃。

好在Takagen有種服務，是替客人把杖端削尖，用一塊很尖細的墊子套上去，這才好看。

更細心的是「手杖襪子」，那是一塊厚棉，到日本人家裏的榻榻米客廳或房間，往手杖尖一套，又好看又有禮貌，真好！

鑽石鑽石亮晶晶

「到東京去買東西，你有甚麼好推薦？」小朋友問。

「普通東西雜誌都介紹過。香港人對東京購物很熟悉，不必我來多嘴。」我說。

「你一定要想些東西講給我聽！」小朋友無理取鬧。

「好吧。」我說：「我介紹你去買鑽石。」

「鑽石？」

「唔。」

「日本的東西一般都是全世界最貴的，為甚麼要去東京買？」小朋友好奇。

「是的，一般東西都比全世界貴，但是講到鑽石，比全世界便宜。」

「真的？」

「真的。」

我問。

「為甚麼？」

「經濟泡沫還沒有爆裂之前，日本人都有錢。有了錢，送甚麼東西最實在？」

「當然是送鑽石了。」小朋友說。

「對，所以日本人買的鑽石，全世界最多。」我說。

「鑽石有大有小，日本人買的是甚麼樣的鑽石？」

「當時有錢，以．卡拉做為標準。最多的都是一卡拉。」

「一卡拉鑽石，也有好有壞呀，到底是怎麼分的？」小朋友問。

「基本上，鑽石的認識，分四C。」

「甚麼四C？」

「Carat，Color，Clarity，Cut。即是大小、顏色、透明度和切面。」

「還有呢？」

「顏色則分 DEFGHIJKL。透明度則分 FL、IF、VVS1、VVS2、VS1、VS2、S11、S12、11、12、13 等等，還有切面是……」

「別再講下去了，太過專門，我聽不懂。」小朋友大嚷。

「好，好，好。」我説：「不講就不講，你還想知道些甚麼？」

「你還沒有説過為甚麼日本的鑽石是全世界最便宜！」小朋友呱呱叫。

「日本經濟低迷，泡沫一爆，爆了十年還沒有恢復。現在日本人都在喊窮，只有拿最不等用的東西變賣，而最不等用的東西是甚麼？」我問。

「鑽石囉。」小朋友説。

「我已答了你的問題。」我説。

「到底日本有多少鑽石呢？」

「當年好景，商人呼籲一人一卡拉。」

「日本有多少人口？」

「一億三千萬。」我説：「女人佔一半，七折八扣，一千萬顆一卡拉，總少不了吧！」

「嘩！」小朋友驚叫。

「為甚麼那麼多女人買鑽石？和一家叫做 Coco Yamaoka 的商店也有關係。它是日本最大的鑽石公司，在電視上大賣廣告，説買了他們家的鑽石，隨時拿回去換，都可以換回相等的現金。日本女人瘋狂購買。又可以佩戴又可以當錢用，何樂不為？」

「現在這家公司呢？」

「三年前倒了。」我說：「日本女人要換現金也換不到了。急錢時只有拿去當舖，當舖收得不肯再收。」

「但是，」小朋友說：「如果我要去日本買鑽石，也不會跑去當舖買呀，你有甚麼好介紹？可以買到又可靠又便宜的？」

「我在日本工作時，有個女秘書。台灣人，叫林曉青的，是個日本華僑，從小在日本長大，後來嫁了給一位姓石井的日本人，非常忠厚。他們兩夫妻沒有小孩子，開了一家很小的鑽石店，小本經營，到他們的店裏買，是有信用的。」我說。

「那麼要多少錢一卡拉？」

「最便宜的二十萬円。」

「算港幣也要一萬三千塊呀。」小朋友說：「有沒有證書呢？」

「當然有出生紙的。」我說：「要是不用出證書，十萬円也可以買到一粒。」

「七萬？」小朋友一算：「才六千五？」

「唔。」

「你能不能擔保一定是真的？」

「誰有空替你擔保？」我說：「專家也會走眼。現在的人造鑽假的幾乎完美，但也要賣三千港幣一卡拉。我只能說我和這家人交往了三十多年，對他們的待人處世都覺得可以信任罷了。如果當成投資，我絕對不推薦人家買鑽石。當然啦，如果是小禮物，沒有證書也不要緊。」

「好呀。」小朋友說：「下次去東京，順便買粒來玩玩。他們會說中國話嗎？」

「林曉青的國語和福建話都不錯，廣東話就行不通。乘山手線去到御徒町車站，打個電話，她會來接你。」我說。

「給個地址和電話。」小朋友說：「公司叫甚麼名字？」

我說：「叫 Diamond Plus。」

地址：東京都台東區東上野 1-12-6，三樓。

電話：813-3833-3233

傳真：813-3833-3286

琉璃

見面時，我們不禁地擁抱。

歲月在我們身上都留下痕跡，但她還是回憶中的那個少女，一個不斷地追求精神上更高一層次的女人。

剛認識時，她已是位出色的演員。我們一起在東京拍戲，工作完畢，到一家小酒吧去。本來清清靜靜，給我們又唱歌又鬧酒，氣氛搞得像過年。是的，那是舊曆年的除夕，日本不過農曆年，只是個平凡的晚上。我們身處異鄉，創造自己的年夜。

另一年的元宵，我們一起到台灣北港過媽祖誕，鞭炮的廢紙，在街上一層舖了又一層，有如紅色的積雪。

從來沒見過人民那麼熱烈地慶祝一個節日，各家擺滿十數桌酒席，拉路過的陌生人去吃飯，越多人來吃，才越有面子。

煙花堆成小山，已不是噼噼啪啪地放，而是像炸彈一聲轟隆巨響，剎那間燒光一切。

看個地痞變本加厲地拿個土製炸彈摻進煙花中，爆炸的威力令我們都倒退數步。

「虎爺不見了！」聽到人家大喊。

這個虎爺是塊黑漆漆的木頭公仔，據聞是在百多年前由大陸請神明請到台灣來的。北港的人民當它是寶，給那個土炸彈爆得飛上天空失蹤了，找不到的話，人民迷信將有一場大災難。

混亂之中，有些流氓乘機摸了她一下，我們這群朋友看了火滾，和他們大打出手，記憶猶新。

好在大家都沒有受傷，虎爺也在一家人的屋頂上找到了，一片歡呼，結束了瘋狂的一夜。

從此，二十年來我們再也不碰頭，但在報上、電視上常看到她的消息，由一個專演娛樂片的明星，到拍藝術片，連續當了兩屆影后的她，忽然地息影了。

電影這一行，始終是綜合藝術，並不個人化。好演員要靠好的導演栽培。成為大師級的導演，又是誰出錢給他拍戲的呢？還不都是庸俗的商人。

她尋求自我中心的滿足感，終於找到了琉璃藝術這條路。

聽到這消息，真為她高興。這個藝術的領域，還是很少人去捉摸的。書法、繪畫、木工、石雕等等，太多大師級的人物霸佔着一席。如果大家都是以藝術家身份來互相欣賞，那倒無所謂。令人懊惱的是混水摸魚的人太多，攻擊來攻擊去，已不是搞藝術，而是搞政治了。

琉璃藝術在西周，三千多年前已興起。歷代中產生不少的光輝，到清朝還在鼻煙壺上努力過。近代東方人一直忽視了這門工藝，反而是西方，深受重視。

美國的 Tiffany、捷克的 Libensky 的作品，我到世界的各大博物院中都曾經見過。二十世紀初的西方裝飾藝術 Art Deco 中，琉璃作品裏也大量運用中國器皿為概念，這門藝術，應該在東方發揚光大才對。

有時看來像翡翠，有時看來像瑪瑙，有時看來像脂玉，有時看來像田黃。琉璃藝術的顏色變化多端。

這種法國人所謂的水晶脫蠟精鑄法 Pate-De-Verre，是將水晶的原粒，加入發色的酸化金屬，在爐中高溫熔化而成，過程複雜到極點。多年來，她一天十幾小時，就算酷暑炎午，她還是在攝氏四十度的高溫下工作，失敗又失敗地重複之下，得到的成果，來得不容易。

作品《玫瑰蓮盞》中，水晶脱蠟精鑄法已發揮到淋漓盡致的地步。碧綠的蓮葉，含着那朵鮮紅的小花朵，像一塊剛挖出來的雞血石，是大自然渾合出來的斑點，意境極高。

眾多作品，我最喜歡的是《金佛手藥師琉璃光如來》。一隻金色的手臂，隱藏着面孔慈祥的佛像，概念是大膽而創新的，這是從來沒有看過的造型，應該説是她的代表作吧。

法國的巴克洛和達利克把琉璃藝術發展在商業裝飾裏，開拓了廣大的世界市場，為國家爭取不少的外匯。

我們見面時，問過她是否會走法國人的商業路線？

她笑笑，表示留給她的夥伴張毅去做，自己只攻創作。其實她的作品中的「悲憫」和其他不同的主題，是外框很厚的玻璃磚，中間藏着各類雕塑，很適合建築美學上用，能將一棟平凡的牆砌成一件藝術品。

在我三十多年的電影生涯中，認識的女明星不少。家庭破碎的也有，潦倒的也有，消失的也有。

我也認識很多後來成為賢妻良母、家庭美滿的演員，俗人知道也好，不知道也好。

她應該是最幸福的一個吧。看到她的表情，很像《芭貝之宴》一片的女主角，用盡一切為客人做出難忘的一餐。

人家問她：「妳把時間和金錢統統花光，不是變成窮人嗎？」

芭貝回答：「藝術家是不窮的。」

朋友常問我寫的人物，是不是真有其人？在她的例子，是真的。她的名字叫楊惠珊，又叫琉璃。

虞公窰

我親自監製的月餅，味懷舊，和兒時吃的一樣。皮薄如紙，一看就知和其他月餅有別。

木盒包裝，開閉處有一塊像古時封泥的東西，希望用陶器製造。說到陶器，即刻想起石灣「虞公窰」的曾氏兄弟，專程登門造訪。

哥哥曾力的觀音，造型古樸，遵守着唯美的感覺，令人看得如癡如醉；弟弟曾鵬的陶藝涉足甚廣，花瓶、筆畫筒、錢缽，甚至佛像，一經他手，抽象生趣，有如兒童作品那麼可愛。

父親為石灣傳統的陶藝家曾良，兩人從小受薰陶。長大後又正式在藝術學校受過嚴格的訓練，在各方面的條件都足以成為石灣大師，是當今陶藝界中傑出的人物。

兩人的作品目前已銷到世界各地，在敦煌旅行時看到紀念品店出售的觀音頭像，就出自他們的手藝。台灣有家商店專門賣他們的東西，加拿大也有代銷處。香港的國貨公司和花墟的「樂天派」也陳列着，其他商店，贋品已面市。

虞公窰不好找，但可以佛山機場為目標，再打電話給曾氏兄弟的拍檔潘永強，前來帶路。

佔地甚廣，作品擺滿各處，一看雜亂無章，但亦分形象、上釉、燒窰各部份，另有一教室內曾力來教導學生，還有數十位志同道合的工友一起製作。

說明來意，曾鵬兄表示那是小意思，拉着我說：「來，我來讓你看看我的新朋友。」

外面堆的巨木，形狀古怪。

「你猜中了，是舊船拆下來的木頭。」曾鵬兄說：「我們買了好幾百噸。」

「幹甚麼用的？」我摸不到頭腦。

「看了你就知道。」他笑得像小孩子。

另一個工廠裏，大家忙着鋸木和打磨。

出現在我眼前的是一張張的桌椅，電視檯和書架都自然渾厚，極有重量感，看得我歎為觀止。

「已經浸在水裏幾十年，而且又是南洋最堅固的木頭，這種傢具，用個十輩子也不會壞。」曾鵬兄說。

明式傢俬已經充爛市，有這種變化意想不到，既是實用，又是一件藝術品，而且每一件都是原創的，世界上哪裏去找，歐美人士一看到更會如獲至寶。

「做出來不容易。」我感歎。

「所謂爛船也有三斤釘。」他說：「船木充滿大鐵釘，單單是將它們起出來，又要填洞，已經花了很多工夫。」

「買新木頭來做不更方便？」我這個俗氣沖天的人說：「要多好的有多好的！」

「新木頭要斬樹。」他的答案單純：「這些不必。工花得再多，也是值得。」

聽得慚愧。

這時哥哥曾力跑進來，拉我到他的工作室中看他的新作品。啊！是一尊老者像，面部充滿智慧的皺紋，與他從前的寫實佛像造型有別，這一尊更是寫意。有了根深的基礎走出來的正路，才耐看。等待弟弟曾鵬又回頭去寫生時，又是新玩具一件。

「我把這尊東西叫為師傅，你認為怎麼樣？」曾力哥笑着問。

我當然舉手稱好，請他割愛。

走到展示廳，見一觀音，臉部慈祥，白色造型有如木頭雕刻出來的瓷器。是曾力哥心愛的作品。我一生追求完美的觀音，終於給我找到了。

「到我們家裏去坐坐。」曾鵬兄說。

離虞公窰不遠的一個臨江住宅區中，可以買地不買屋，自己建造。兩兄弟起了相連的三層樓，由讀建築的曾鵬嫂設計，一層搭一層，住起來像座五樓的屋子，家中佈滿船木傢俬和自己做的陶藝，令人目不暇給。

「給你一張畫。」曾鵬兄說完，拿出一幅蓮花和蜻蜓的水墨，題着「無中生有」四個字。

「我們搞創作的，都是無中生有嘛。」他笑了。

坐了一會兒，吃飯去。川邊的一家河鮮酒家中，等菜上桌時，曾鵬兄說：「前一陣子黃永玉老師來過我們的窰，要了很多陶器拿去他的萬荷堂擺設，我父親和他從前在北京是同一組，為毛澤東美術館做事，他常拉我父親偷跑去釣魚，兩個人像逃學的學生。」

「知道你們是老人家的兒子才來的?」我問。

「不是。」曾力哥說:「是來石灣買陶器,領導帶他來,才知道我們是老友的後代,要了很多件,並說明不肯付錢。」

「我們說不付錢不要緊,畫畫呀!」曾鵬兄笑了:「他老人家興趣大發,畫了很多張,反而是我們賺到。回到物物交換的時代,多好!」

我心想曾鵬兄也送我畫,我不知道送回他幾罐自己製造的鹹魚醬,算不算物物交換?絕對我不吃虧。

菜來了,當今河魚不肥,也吃得過,但最美味的還是風乾的小魚,蒸起來鮮甜得很。

吃完飯店主硬要我寫幾個字,我說有兩位真正的藝術家常來,你怎麼不請他們寫?有眼不識泰山!

曾鵬兄不經意地在紙上畫了一個留着五柳的老頭,挽着一尾魚。向我說:「我畫畫,你題字。」

好,我落墨:鹹魚好食。

只聽到背後的侍者議論紛紛:「我們的河鮮更好吃呀!又怎麼畫了那麼一個

公仔？」

曾氏兄弟和我相視而笑，大步走出餐廳。

五、音樂與抄經

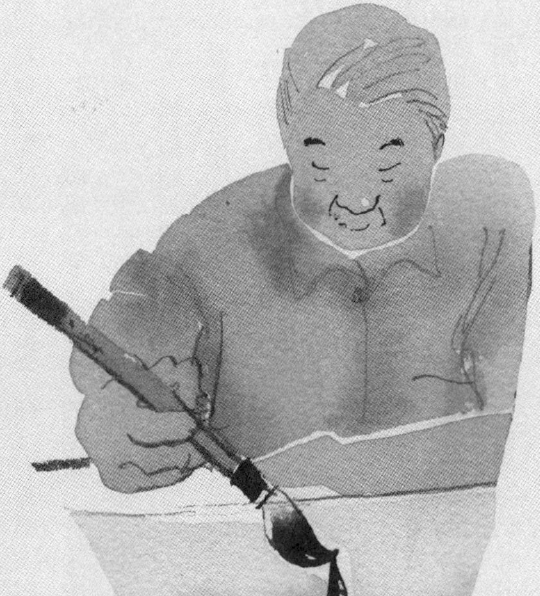

我的音樂修養

我們一家受了父親的影響，都會寫點文章，至於音樂，卻沒有甚麼天份了。但學文科的人，繪畫、音樂、詩詞、戲劇都要有些基本的認識，音樂這方面的修養，是來自初中的同學，那年同班的有一位叫蘇晉文的，和我最談得來，他們來自印尼，父親做加文煙生意，那是一種樹脂加礦物質，燃燒了發出香味，阿拉伯人用一個小泥鉢盛着加文煙碎片，點着了發煙時，把整個泥鉢放進他們的長袍裏，燻了一會兒，汗味就消除，新加坡至今還有得賣。

蘇晉文的家在後港三條石，一條小路轉進去，便能找到他們兩層樓的巨宅，花園也很大，門口停了一輛紅色的福特車，是五九年生產的 Custom，印象最深的是車頭有個火箭頭的設計，記憶猶新。

到了週末，蘇晉文就叫我們一班同學到他家去玩，他媽媽是位嫻淑的主婦，燒很多印尼菜給我們吃。最記得他們家除了客廳睡房之外，令我們羨慕的是有一間巨大的貯藏室，裏面甚麼乾貨、罐頭汽水都齊全，時常從那裏拿出一瓶瓶濃縮的紅毛榴槤汁，英文名叫 Soursop，正式名是「刺果番荔枝」。兑了開水，加冰，喝起來酸酸甜甜，印尼人最喜歡。

蘇晉文有個弟弟叫蘇耶文，後來也當了我們的同學，他們兄弟多，幾位大哥都還沒有娶妻，就是喜歡在家裏聽音樂，唱片之中最多的除了進行曲，還有華爾茲，聽得最多的是意大利歌劇，當然只限於旋律，歌詞唱些甚麼聽不懂，喜歡便跟着哼罷了。

馬里奧．蘭沙的電影一上演，我們就趕着去看，從中我們認識更多的曲子，聽久了，大家也會分辨他的歌喉永遠是帶着哭喪調子，不像 Enrico Caruso 的變化那麼多，後來一接觸到 Beniamino Gigli，才發覺到他是渾為天籟的，完全發於自然的歌聲，更加喜愛。當然，那時候還輪不到 Pavarotti、Domingo 和 Carreras。

每個星期一回的聚會，因為歌劇的狂熱，就變成兩次三次了，大家也省吃儉用，把零用錢花在黑膠唱片上，放學後擠進唱片店，拼命找自己喜歡的歌手，從膾炙人口的歌聽到較為冷門的去。

一套歌劇從頭聽到尾是較少的，那要多少張唱片才聽得完？在三十三轉還沒有出現之前。黑膠唱片多數是由 His Master's Voice 和 Columbia 生產的，唱片名貼紙多為紫色，熨上金的字。

當然，唱片一播出 Verdi 的 Rigoletto 中之《這個女人很風騷 La Donnaé Mobile》時，大家都跟着大師們的歌聲一齊大鳴大叫。

一聽到 Puccini 的 Turandot 中之 Nessun dorma，馬上像撕裂心胸那麼哭喪着跟着唱。

沒有人不喜歡《蝴蝶夫人》、《愛兒伊達》、《卡門》，但是很少人知道的一首叫《跳蚤之歌》，由一個俄國怪傑叫 M. Mussorgsky 所作，歌詞是一個國王和一隻跳蚤做了朋友，叫裁縫替它穿金戴銀，弄得宮廷大亂，這首歌 Leonid Kharitonov 唱得最動聽，一面唱一面笑，各位可以在 YouTube 中找到，很值得欣賞。

不聽歌劇時，大家轉到進行曲去，我是不很接受一切與軍事有關的東西，從小如此，但是進行曲也有些很經典的，歌劇中也有，像《愛兒伊達》中的《勝利進行曲》，《卡門》中的《鬥牛士進行曲》都好聽得不得了。

不巧的有 Mendelssohn 的《婚禮進行曲》，和 Henry Purcell 作的《葬禮進行曲》一樣陰陰森森。

說到進行曲，不能不提進行曲之王，那就是 John Philip Sousa，他一生作了一百三十六支進行曲，都很精彩。在一八九六年歐遊回美國時，在船上看到星星，想起故鄉的條紋旗幟，作了《Star And Stripes Forever 星星與條紋萬歲》，其實是一首思鄉曲，在第二年的一八九七年成為美國的國歌。

Sousa 的另外一首進行曲《華盛頓郵報 Washington Post》是該報紙為了兒童基金籌款請他寫的，想不到也成為他的代表作，還有一曲為美國陸戰隊作的，叫「Semper Fidelis」，這是拉丁文，意思是永遠效忠。

至於海軍陸戰隊的進行曲，則以「Marines' Hymn」最有名，雄赳赳的曲子，作者是一名叫 Julia Ward Howe 的女子。

愈奏愈悲壯的是《當尊尼衝着回來 When Johnny Comes Marching Home》，一首一八九八年的進行曲，在美國南北戰爭時流傳下來，表達戰士們對家鄉的懷念，由 Patrick Gilmore 作曲。

不可不提的當然還有《桂河橋進行曲 The Bridge on the River Kwai》，由 Elmer Bernstein 作曲。

幾乎所有進行曲都與戰爭有關，不是被它的旋律吸引，我是不會喜歡的，只有一首例外，那就是在紐奧連的葬禮上演奏的《當聖人衝進來時 When The Saint Go Marching In》，本來是應該悲傷的變為歡樂，這是爵士音樂的神髓，我認為是最偉大的進行曲。

音樂人生

音樂是我最少談的一個環節。

但我還是十分愛好的，尤其是古典，更會投入沉迷。

小時候接觸的是些抗日歌曲，因為勝利之後，所謂靡靡之音的愛情作品來不及面市，到歌廳去，看見一個穿着釘珠片、開高衩旗袍的女人，站在台上，高歌不打勝仗回家鄉，無臉見爹娘，是一件近於瘋狂的事。

唸小學時受了一位長輩的影響，開始對進行曲有濃厚的興趣，尤其愛聽狄蘇沙的作品，儲蓄零用錢，買了不少七十八轉的黑膠唱片，全都是各國的進行曲。

之中，有一首取自意大利歌劇《愛雅依達》的凱旋曲，加上看了一系列美高梅製作的馬里奧．蘭沙的電影，就立志要成為男高音。

馬里奧．蘭沙很年輕就逝世，死前錄了《學生王子》全部歌曲，後來由艾門．布頓對嘴代唱，我聽了幾百次之後，幾乎所有歌詞都能唱出，對海德堡這個大學都市印象尤深，後來去玩的時候，還想在教堂中大唱《聖母頌》。

在那幾部馬里奧·蘭沙的電影裏，他主演過男高音基利的傳記，對基利這個人有了認識，便拼命去找他的唱片，結果發現基利的歌聲的確比馬里奧·蘭沙的好得多，也自覺永遠學不到基利的地步，便結束了想當男高音的時代。

有天上香港電台的杜小姐節目，她要我選幾首歌來談論，我挑的都是些英文歌曲，總覺得比那些沉悶的歌劇更能接觸廣大的聽眾。

第一首是《當我們年輕的一天》，這是我躺在一個年紀比我大的少女的懷抱中聽過的，畢生難忘。

當年又為華爾滋舞曲沉迷，收集無數約翰·史特勞斯的作品，整天幻想參加舞會，轉了又轉，大跳其舞。後來在東歐拍戲，租了個行宮，請六人室內樂隊，點着蠟燭跳舞。去東歐才有這種享受，西歐國家富有，物價高昂，想過王子伯爵的生活片段，已做不到。

再選《別怪我》，是我唸中學時賺了稿費，帶女友到夜總會，耳鬢廝磨聽到的歌。

《迷惑》是電影《黃昏之戀》的插曲。加利·古柏演一個中年玩家，去到甚麼地方都帶了四人樂隊，拉小提琴演奏這首曲子。夏萍是位少女，自小由當私家偵探的父親的檔案中研究玩家，迷戀上他，把自己扮成一個多情的女子，擁有許多追求者，讓玩家深深地感到迷惑。

我從小就常跳出時空，像聽《當我年輕的一天》時，已感到像今天老了，緬懷過往。在看《黃昏之戀》，憧憬男主角的生活：當老的一天，得少女之愛，那有多好。人生不如意事八九，至今還是落空。

唱這首歌的是納京高，咬字之正，前無古人。我們欣賞樂曲也同時享受到歌詞之美。當今的歌手，十個之中十個聽不出唱些甚麼，如果喜歡上一首歌，也只愛上一半罷了。

杜小姐不明白我為甚麼要選一首不經傳、不留世的《我再也不應愛了》。

主要的是，活至今，發現快樂是最重要的，所以自幼愛娛樂別人，也喜歡他人帶給我歡樂，很自然地選擇了幹電影這一行業，專拍一些毫無意義，只求娛樂的電影，認為這已夠了。

這首歌的歌詞非常抵死，歌者說：「你戀愛後會得到些甚麼？你得到的只是肺炎!!」

把肺炎帶入戀曲，虧得作詞者想得出，第一次聽時笑得從椅子上跌地。

幽默感，是人生的真諦。

時間所限，我愛的歌曲不能一一播出，但現在以文字交談，可多點篇幅。喜歡的當然包括多首披頭四的名曲，貓王的情歌也數之不盡。除了《蝴蝶夫人》、《卡門》等等名歌劇之外。輕歌劇，如羅渣和威馬斯坦的《南太平洋》、《奧克荷馬》、《迴旋木馬》等，也都愛聽，當然也少不了《魂斷西域》。

不能多談音樂，是因為我對所有的愛好都會沉迷，現在的書法、篆刻、寫作和做生意，時間已經不夠分配，若有剩餘，我還愛京戲呢。

在回憶這一生的片段中，流行時代曲佔很重要的部份，像一部電影的背景音樂，聽到甚麼歌，就會跳入那個時候發生的事裏，近年少用中文歌來代表時代，是因為本地作曲家和歌手都強調所謂的原創音樂，但是原創得一點也不好聽。要我選擇，寧願取像譚詠麟時代唱的韓國歌或日本歌，較有韻味。

最後選的是一曲《吻我，蜜糖兒，吻我》，當年是被政府禁止的，比起現在雲妮·休士頓的情婦怨曲或麥當娜的《我要裸體獻給你》等等，已是幼稚園。

音樂和其他文化一樣，是不能禁的。誰有權力去禁藝術作品?誰有資格?當了檢查局的官，便要做出官樣，禁這個禁那個地表現權力，是落後國家所為。我一向強調的是，要是未成年者不懂，那不產生壞影響，如果了解，已是大人，應有自己的判斷力。我們為甚麼要遵守別人強加在我們身上的道德觀？而這道德觀又是那麼脆弱，過幾年便被打破，昨日被禁的《吻我》，今天是小兒科，那麼我們不是成為受害者嗎？

爵士的邂逅

對音樂的認識，完全是皮毛，一生能夠邂逅到爵士，是一件非常幸福的事。

爵士把悲哀化成快樂，爵士不遵守規律，爵士令人陶醉在一個思想開放的宇宙裏面。

我必須事先聲明，對於太過深奧的爵士，我不理解，也不享受，我只會聽一些膾炙人口的，像《Take Five》之類，都是通俗的，不裝模作樣的。

聽古典、歌劇、進行曲之餘，認識了一位叫黃壽森的青年，他從小父母離異，成長在一個孤獨的單親家庭，埋頭在書本和音樂之中。自小他已精通多國語言，只是少了中文的修養，這一點倒是他佩服我的。

我們一起逃學、旅行、學習，開始欣賞紅酒，抽大雪茄，每天在戲院裏度過，爵士也是從他的指導開始，一下子跳進高音薩克風 Tenor Saxophone 的世界裏，陶醉在那聲調沉重的音樂之中。

當然要經過 Charlie Parker、John Coltrane、Lester Young、Stan Getz 的那幾位大師，他們像繪畫中的素描基礎，但聽多了，會把自己悶死在胡同裏。

從 Tenor Saxophone 跳出來，走進了 Baritone Saxophone 中音薩克風，就把自己釋放了出來，最欣賞的當然是 Gerry Mulligan 了，在六十年代他的爵士風靡了整個歐洲，尤其是法國，簡直當他是爵士之神。

一聽到 Gerry Mulligan 的爵士，便不能自拔了，他的《My Funny Valentine》、《Prelude in E Minor》、《Bernie's Tune》、《Lullaby of the Leaves》都能令人一聽再聽，百聽不厭。

喜歡 Gerry Mulligan 的話，一定會愛上小喇叭手 Miles Davis，兩人奏的《My Funny Valentine》風格完全不同，他的經典曲子還有《Now's the Time》、《Bye Bye Blackbird》、《So What》和《Summertime》，都令人聽出耳油。

爵士中的所謂自由，也就是樂手們的「即興 Improvisation」。同一個主題，到了一半，思想就可以飛到別處，再回來，或者不回來也可以，這由 Miles Davis 的《My Funny Valentine》中可以引證出來，他只是頭一句，重複一句之後，就依照自己喜歡去到另一個世界，另一個宇宙。在那個方圓中，我們又可以聽到演奏者對主題的思念，有時是那麼一丁點，有時整首貢獻出來，總之會回到主題的懷抱，這就是爵士了。

聽得最多，是在六十年代尾的東京，那時候年輕人會跟着電視大唱流行曲，但略有一點思想的，都欣賞爵士，故東京出現了不少聽爵士的地方，也不一定是酒吧，因為大家沒有經濟條件喝酒，人們去的是爵士喫茶店，壁中的櫃子擺滿了爵士黑膠唱片，日本人瘋狂起來，收集的是一個個的寶藏，要聽哪一類的爵士都有。

喜歡上了，年輕人會去學習演奏，當然不是個個都能成為大師，半途出家也有機會表演，舞台就是這些爵士喫茶店或酒吧了。當然他們是不計報酬，不過老闆們總識趣地包了個紅包偷偷送進他們的大衣，露出信封的一角。

客人可樂了，以一杯酒的價錢就能聽到真人表演的爵士，他們閉上眼睛，跟着拍子，用手輕輕地拍着他們的牛仔褲，聽到入神，會喊出一聲：好！或哎！或勁！和聽京劇的戲迷一樣。

那時候我們去得最多的是一家叫「堤 La Jetée」的爵士吧。店名來自一部短片，一九六二年由 Chris Marker 導演，整部戲由一張張的硬照組成，看上數十次之後，便會發現只有其中一張照片會動了一下。

我們在那裏不知度過了多少寒冷的晚上，因為店裏的暖氣不足，牆壁上貼的盡是這部戲的劇照，客人只能喝酒喝到醉了，或者，更便宜的有一種叫 Alinamin 的安眠藥，吞下幾顆，但拼死不睡，這時，便會產生微微的幻覺，發現自己在飄浮，飛上太空。

一首又一首的 Gerry Mulligan 和 Miles Davis 播完又播，已深夜一兩點，是打烊時間，客人紛紛披上厚厚的大衣和長長的圍巾，踏着雪回去。

若酒意未消，「La Jetée」又位於新宿御苑的附近，這個市內的國立公園已經關了門，但我們年輕，甚麼都做得出，我們翻過了圍牆，進入了公園。

白茫茫的一片，大雪紛飛，已經不知東南西北，我們歡呼，讓回音帶着我們到處走，我的女朋友穿着綠顏色的大衣，她垂直的長髮在狂舞中飛揚起來。

她是個詩人，Chris Marker 被她近乎瘋狂的行徑深深着迷，要求她當女主角，拍了一部叫《神秘的久美子 Le Mystère Koumiko》1965。

Miles Davis 在舞台上鞠了一個躬，這時輪到唱怨曲 Blues 的歌者一位位出場，Billie Holiday，Janis Joplin、Pearl Bailey、Ella Fitzgerald，她們離開家鄉，她們苦訴情郎的離去，她們空守閨房，最痛苦的，是年華的逝去，但是，看到了曙光，因為她們還有爵士陪伴……

難忘的歌詞

我們的思春期，並沒有的士哥。但開舞會時也跳快的，像探戈、曼波、冧巴、森巴、恰恰恰和搖與滾。因為奏樂的都是人，不是機器，樂隊需要休息，便來幾首慢歌，這時我們互相擁抱，有很溫柔的一面，我記得那首，當我們年輕的一天 One Day When We Were Young：

One Day When We Were Young 有一天，當我們還年輕，
One Wonderful Morning In May 在美好的五月天早上，
You Told Me You Loved Me 你說過你愛我，
When We Were Young One Day 當我們年輕的一天。
Sweet Song Of Spring Were Sung 唱出春天甜蜜的歌，
And Music Was Never So Gay 音樂是無比的美妙，
You Told Me You Loved Me 你說過你愛我，

When We Were Young One Day 當我們年輕的一天。
You Told Me You Loved Me 你說過你愛我，
And Held Me Close To Your Heart 你用胸膛緊抱着我，
We Laughed Then, We Cried Then 我們笑，我們哭，
Then Came The Time To Part 分離的時刻終於來到，
When Song Of Spring Were Sung 唱出春天的歌，
Remember That Morning In May 記得那五月的早上，
Remember You Loved Me 記得你愛過我，
When We Were Young One Day 一天，當我們年輕。

作詞者為 Richard Tauber。

當年的《紅磨坊》一片，描述侏儒畫家拉鐵爾的一生，不像妮歌潔曼那部新的那麼難看，主題曲很優美，一面跳舞一面猜疑對方是否真正愛我？作詞者 Jerry Vale。

Whenever We Kiss 每回我們接吻的時候，
I Worry And Wonder 我擔心和想知道，

Your Lips May Be Near 你的唇會在我嘴邊，
But Where Is Your Heart 但是你的心在哪裏？
It's Always Like This 每次都是這樣，
I Worry And Wonder 我擔心和猜疑，
You're Close To Me Here 你很靠近我，
But Where Is Your Heart 但是你的心在哪裏？
It's A Sad Thing To Realize 很悲哀地知道，
That You've A Heart That Never Melt 你有一顆不溶的心。
When We Kiss Do You Close Your Eyes 接吻時你閉着眼，
Pretending That I'm Someone Else 當我是別人嗎？
You Must Break The Spell 請你用你的力量，
This Cloud That I'm Under 解開我的疑團，
So Please Won't You Tell 請你別說：
Darling Where Is Your Heart 親愛的，你的心在哪裏？

還有一首叫做《別怨我 Don't Blame Me》，作詞者為 Doorothy Pilelds &

Jimmy McHugh。

Don’t Blame 別怨我，
For Falling In Love With You 愛上了你，
I’m Under Your Spell 我被你迷住了，
But How Can I Help It？但是我怎麼忍得？
Don’t Blame Me 別怨我，
Can’t You See 你看不到嗎？
When You Do The Things You Do 當你做了這些事，
If I Can’t Conceal The Thrill That I’m Feeling 如果我不能隱藏我的喜悅和感覺，
Don’t Blame 別怨我。
I Can’t Help It If That Dog-Gone Moon Above 那個他媽的月亮令我難於抗拒，
Make Me Need Someone Like You To Love 使到我需要愛上一個像你這樣的人，
Blame Your Kiss 怪你的吻吧！
As Sweet As A Kiss Can Be 是多麼甜蜜的吻，

And Blame All Your Charm 怪你所有的魅力，
That Melt In My Arm 溶化在我懷抱中，
But 但是，
Don't Blame Me 別怪我。

一面跳舞，一面把歌詞翻譯給不懂英文的女伴聽，最後，我們又抱又吻，沉醉在《迷惑 Fascination》，作詞者為 Dick Manning & F.D. Marchetti，時為一九三二年。

It Was Fascination I Know 我知道這是一場迷惑，
And It Might Have Ended Right Than At The Start 一開始時就可能結束了。
Just A Passing Glance 只是互擦的一瞬，
Just A Brief Romance 只是輕微的浪漫，
And I Might Have Gone On My Way Empty-Hearted 我或者會空虛地路過。
It Was Fascination I Know 我知道這是一場迷惑，
Seeing You Alone With The Moonlight Above 看見你在月光下獨立今宵，
Than I Touched Your Hand And That Next Moment I Kissed You 我接觸到

你的手，在那一刻，我親着你，

Fascination Turned To Love 迷惑變成了愛。

這首歌作完，被遺忘了二十五年，比利・懷特在一九五七年的《黃昏之戀 Love In The Afternoon》巧妙地用上，當年老的玩家愛上了調皮的少女，感到迷惑，一次又一次聽到此曲，令人迷惑，令人難忘。

這些歌詞，是不是比甚麼當今的士多啤梨蘋果橙好聽得多？

抄經

《心經》是接觸佛教最簡捷的一條大道，全卷只有二百六十個字，卻為六百卷《大般若經》的精髓，字數最少，含義最深，流傳最廣，誦習最多，影響最大，是佛教最基礎，也是最核心的一部經文。

一生人，能與《心經》邂逅與否，全屬緣份，得之便知是福，識之便得安詳。那二百六十個字，這麼多年來有多少人試譯，甚至寫成洋洋數萬字的書來詮釋，都是畫蛇添足之舉。

不了解嗎？不必了解，讀了總之心安理得，煩惱消除，你能找到更好的經文嗎？

唸經最好，抄經更佳。

怎麼抄？文具店裏有許多工具，最簡單的是你可以將已印好的經文，用一薄紙蓋在上面，用毛筆照抄就是。更簡單的是把字體空了出來，我們蘸墨填上去即可。

在日本更有很多寺院設有抄經班，由和尚指導，參加了可得一兩個小時的寧靜。

如果對書法有興趣，用抄經來進入書法的學習和研究，那心靈上就更上一層樓了。

我老師馮康侯先生教我們，書法有許多字體，最通用的是行書，學習後可以脫胎換骨，寫一封信給家人或朋友，比所有的表達感情方法更為高級。

行書怎麼入門？莫過於學書聖王羲之，而經典中之經典，是王羲之的《集字聖教序》，到處都可以買到一本來臨摹，而這本帖中，就可以找到王羲之寫的《心經》。

後人抄經，都有王羲之的影子，他的書法影響了中國人近兩千年，臨他的字，不會出錯，但有些人說王的心經是用行書寫的，抄經應該焚香沐浴，正坐一字一字書之，才能表達敬意。

真正了解佛教的，便知道一切不必拘泥，如果你認為楷書才好，就用楷書吧，但楷書應該臨哪一個人的帖呢？學習了抄經之後，便會發現原來這世上不只你一個，我們的先人，抄《心經》的可真多。

從唐朝的歐陽詢，到宋朝的蘇東坡，元朝的趙孟頫，明朝的傅山到近代的傅濡，都規規矩矩地用楷書寫過《心經》，而其中最正經的，莫過於清朝乾隆，皇帝寫字不可不端莊，但當然寫出來的，逃不過刻板。

如果你想用楷書寫《心經》，那麼這些人的字都要一個個去學，為甚麼呢？我們寫字寫得多了，就要求變化，而《心經》之中出現了不少相同的字，像這個「不」字就有九次，「空」字出現七次，而「無」更厲害，出現了二十一次之多。那麼多次的重複字，我們當然想求變化，不要寫來寫去都是同一形狀，同一字體。那麼在求變化之中，你讀到其他人寫的《心經》，就可以從中學習了。

寫經就是刻板，寫經就是不必要有變化，有些人說。弘一法師寫的《心經》，在字體上有很多是相同的，那是他不刻意變化，但是其中也有變化，都是不刻意的變化，這又是另一層次的書法了。

臨弘一法師的《心經》，臨得產生興趣，那麼就可以從他的李叔同年代臨起，他最初寫的是魏碑，後來出了家發現稜角過多，才慢慢研究出毫無火氣的和尚字來，過程十分之有趣，臨多了，味道就出來了。

除了楷書，就是行書了，臨完王羲之，繼之便可以臨趙孟頫的、文徵明的、董其昌的和劉墉的，各人的行書都有變化，皆有自己的風格。

篆書寫《心經》的例子並不多，眾家的代表作有吳昌碩和鄧石如的，我自己臨摹眾書體之中，發現最有興趣，最好玩的，還是草書《心經》。

草書已像金文甲骨文，是逐漸消失的字體，當今看得懂草書的人沒幾個，其實草書架構，臨多了便能摸出道理，並不是想像中那麼難學的。看懂了草書，進入古人世界的那種行雲流水境界，真是飄逸得像個活神仙，舒服得說不出話來。

但是我還是介意太多人不能欣賞，所以我學草書時多選些家傳戶曉的詩句，另外就是用草書來寫《心經》了，凡是學過的人，一看就知道那個句子是甚麼，寫的是甚麼字，啊，原來可以那麼寫的！就愈看愈有味道。

以草書寫《心經》的歷年來有唐朝的張旭和孫過庭，近代的于右任也寫過，最好、最美的，是元朝的吳鎮。雖說是書法，但簡直是一幅山水畫。

從前要找出那麼多人寫的《心經》難如登天，當今已有很多出版社搜集出來，初學者可以買河南美術出版社的「中國歷代書法名家寫心經放大本系列」，但臨帖時想看筆畫的始終和重疊，就得買愈精美的版本愈好，當今有「線製書商」出版的《心經大系》，用原本複製高清圖印刷，一共收集了十六件，值得購買，可惜收集少了八大山人的行書、皇象的章草，米芾的行書和孫過庭的草書，廣西美術出版社的《歷代心經書法作品集》中多錄了明朝張瑞圖行草和沈度的楷書、鄧石如的篆書和傅濡的楷書。江西美術出版社的一系列《心經》，也印刷精美，在網上隨時買得到，別猶豫了。

抄經的喜悅

為甚麼要抄？唸唸不就行嗎？說得也對。但做任何事，注意力集中，總是好事。

唸《心經》，總不比抄《心經》來得印象深刻。

我們有了疑問，有了煩惱，求佛，是一個輕鬆的方向。在唸《心經》的過程中，我們得到平靜，如果能抄抄經，那更可以像經文中所說：「心無罣礙，無罣礙，故無有恐怖，遠離一切顛倒夢想」，更是「能除一切苦，真實不虛」了。

抄《心經》應有一個儀式，但很繁複，讓和尚僧人去做吧。我們俗人，至少要做到的，是沐沐浴，或最基本的洗乾淨手。

然後，可能的話，焚一爐香，學會焚香也是一種樂趣。首先找個香爐，裏面鋪滿香爐灰，點着引子，把削得細小的檀香木一根根架成三角形，最後看它慢慢燃燒。

「嘩，何必那麼大陣仗？」你說。

好，點一根香，總行吧？

在書桌上鋪一張紙，最好是有紅線分行的那種，不然白紙也行，看着經文，開始抄經。

我的書法和篆刻老師馮康侯先生教導：「臨帖時，別一個個字照抄，而是一句句照抄。」切記，切記。

用甚麼工具都行，鋼筆也無妨，但最好是毛筆，別怕，它只是一管竹和一撮毛的組合，不是怪獸。我們永遠是主人，它是奴隸，如果你會用筷子，就能掌握毛筆。

擔心寫不好的話，可以把第一句的「觀自在菩薩」寫完再寫，寫個五十次，你便知道不是那麼難嘛，那麼就可以重複再抄第二句的「行深般若波羅蜜多時」了。

甚麼字體呢？楷書、行書、隸書或草書？都行。

《心經》是莊嚴的，我還是建議先用楷書，抄熟之後再用行書也不遲。

臨字帖，當然要選最好的古人字跡，書法家從古至今無數，但精華來自老祖宗王羲之，止於蘇軾、米芾、黃庭堅和蔡襄的宋朝四家。

王羲之的字可從《集字聖教序》學起，而宋四家的各有名帖，《聖教序》中字形很多，可以找來寫《心經》，而其餘名家的，可從《宋四家字典》一個個字翻出來。

如果你嫌這一切都太麻煩，那麼用你自己的字形去抄好了，不要緊的，只要你肯做。

我自己的抄經過程中，臨摹過很多名家的《心經》全文，最後我發現字體最安詳只有弘一法師的書法。

弘一法師是豐子愷的老師，原名李叔同，早年留學，是個公子哥兒，演話劇、辦文藝活動；臨魏碑，書法極美；返國後當老師，又能作曲，留下不少兒歌，最後出家。

因為他是位知識分子，對佛教的理解有別於平凡的和尚，我認為閱讀他的演講稿和論文，足矣。

法師晚年的書法，已盡失火氣，達到最平靜的層次，是真正的和尚字，而書《心經》，有甚麼好過和尚字呢？

原稿可從《弘一法師全集》中找到，大陸也出版過線裝書的精裝本，可以買來臨摹，最為完美。

學寫字，最初要求變化，把《心經》中出現最多的「色」、「空」、「無」那幾個字，用不同的結構去使用，像「無」字有時寫成簡寫的「旡」等等。

到了弘一法師的《心經》字體，純樸可愛，重複就重複，也不必變化了。能領悟這種心態，又更進入深的一層。如果像《心經》上所說：「是無上咒，是無等等咒。」那麼，弘一法師的書法，是無上書法，是無等等書法。

在一九二三年，弘一法師曾受印光大師的教導：「若學經，宜如進士寫策，一筆不容苟簡，其體必須依正式體。」所以他用的都是楷書，一筆一劃皆以緩慢、恭敬的節奏進行。

我們學習弘一法師的書法，必須學習這個精神。用和平的心態來寫《心經》時，就可以氣定神閒地走入「靜」的境界裏。

而弘一法師在圓寂之前，最後寫的四個字「悲欣交集」，並不像和尚字，最自然。法師生前喜歡寫的一副對聯是：「自性真清淨，諸法無去來。」達到這個境界，他的「悲欣交集」，不必用和尚字，是真性字了。

談裱畫

要是居住環境樓頂高的話，掛一兩幅中國字畫，是件非常清雅的事。「條幅」，又叫「中堂」，最普通的是，單獨地懸於牆上，內容可能是山水花卉，或是一首詩詞，接着是兩幅的長條「對聯」，或是橫着過，寫上甚麼甚麼齋的「橫披」。

向人家要了一幅字畫，歡天喜地拿去裱，一不小心遇到一個俗氣的師傅，就會把整張字畫的構圖破壞掉了。所以裝裱本身，已是一門很深奧的藝術。

古時候的藏家常有一位裱畫的朋友，請他在家中工作，常人以為這是怕給人換成贋品，其實字畫看得多的人心胸已經豁達，不會往壞處想，他們只是惜畫如命，不捨得離開它們罷了。

還有一個荒謬的傳說，是裱畫人會將字畫的底層剝去一賣二，但是事實上這是不可能的，即使畫家用的紙是雙層的夾宣，拆出的第二層和原畫絕對不同。

獲得字畫，就算不裝裱的話，至少也要「托底」，又稱「裱背」，那是把另一層或數層紙用漿糊貼在字畫的背面，要不然原作便容易損壞。字畫一經裱過，神采飛揚，躍然生動，收錦上添花之效。古人說：「裝潢者，書畫之司命也。」為了怕塵埃，現代人常把書畫入鏡，有些人還用了會反光的玻璃，這是我很反對的，覺得字畫一入鏡，便像把奇珍異獸關入籠子，很殘忍。

字畫應該掛着來看才有生命，好的作品，每次看都看出新東西來，次者觀久了必然生厭，淘汰去也。

數年前得弘一法師的四幅畫，畫着三個和尚和一個拾得。李叔同的字已難得，畫更稀少。珍之，珍之。但怎麼裝裱呢？大費腦筋。結果找到「湛然軒」的馮一峰，和他商量後裱成各自獨立，但拼在一起又成一幅過的四條，在第二第三幅上各加一條「驚燕」，構圖完美。

驚燕是由畫的天杆上掛下來的兩條絹條，凡人看了以為是日本式。這東西源自中國，絕非東洋貨。它隨風飄逸，增加了畫本身的動感，是我喜愛的。

請馮一峰為我裱畫的好處是這位仁兄對傳統的裝潢已下過功夫，再跳出來獨創一格地裱畫。先師馮康侯贈我一對對聯：「發上等願結中等緣享下等福；擇高處坐就平處立向寬處行。」當年，我不知道怎麼裱，馮老師說：「何必拘泥？有時把對聯裱在一起，成一幅中堂也行呀！」經老人家一語道破，我裱畫有時也不依傳統，馮一峰的裱裝，甚合我意。

比方說，傳統上字畫的邊多用黃色的錦絹來裱，我要求用寶藍色，大家都說：「呀！這是死人顏色，怎麼可以裱畫？」但我一意孤行，裱出來以後襯着淺黃的牆，不同就是不同，很有味道。

馮一峰的理論更深一層，他說：「怎麼不能？有時我還用西裝料子來裱呢？」

思想一奔放，麻、呢、絨等布料，只要不是太厚，都能裱畫。馮一峰家裏是做紡織業的，學了裱畫之後很努力地去研究布料的質地，依纖維的組織，他大膽地用各種布料裝潢，自然生趣。

可惜，為我裱過的那四幅弘一法師作品，我並不滿意。原因是它們往外翹曲。當然，這與香港潮濕的天氣有關，但自古以來，中國字畫的裝裱，都有這種毛病。有時，我只好請師傅把字畫裱成往內曲，這總比向外翹好得多。

馮一峰知道了之後把畫拿回去重裱，近來他得到了思達集團的贊助，經多年研究之後以科學方法結合傳統經驗，製成一種叫「善靈液」的輔助液來，隨天氣的變化，也能將字畫的曲度保持在正負一釐米之內。

重裱過的四幅現在懸掛在我辦公室牆上，不必用漁線箍住，也平直得賞心悦目。

有時得一古畫，已發霉、水漬、蟲蛀、裱絹又褪色裂破和翹曲，這種情形之下多數拿去重裱，回來時煥然一新，格格不入，甚為心痛。用回原來的絲絹裝過，兼清洗裱件的灰黃，照原樣修缮也是馮一峰的看家本領。

字畫下面，我愛看「軸杆」者，所謂「軸杆」就是末端的那根横木，有人喜用象牙，這不環保。而用牛角者，古人說會生蟲，馮一峰發現這種例子倒是少有的。也有人用酸枝或紫檀，我認為最好是用檀香木，至少可以防蟲蛀。發起瘋來向馮一峰建議：「不如用塑膠筒，裏面裝防潮珠，豈不更妙？」他聽了笑着說方法可行。

馮一峰送過我他寫的一幅字，裱工精彩絕倫，但是我嫌有點喧賓奪主，這可能是因為他還年輕吧，馮君不到四十，等他心境如水時，或有另一境界。

裱畫有時可以以清一色的一幅錦絹裝潢，用的是裱扇面的「挖嵌」法，粵人稱之為「挖斗」，即是把畫心鑲入錦絹之內，這也很大方得體的。

有趣者為，古人裱畫，有時用的材料竟然是粽子。把粽肉擂爛後加豆粉和石灰，黏起來不易拆開，但是依馮一峰，裱畫不能太過堅固，否則今後要重裱，便成死物，這也有道理的。

馮一峰說：「最滑稽的是有人還以為墨一遇到水就溶化了，在一部電影中男主角那封重要的信，竟然被雨水淋得面目全非。裱畫的基本就是浸水和上漿，如果墨遇水即溶，那我們這一行就不必撈了。」

揮春

新年。

閒着，焚一爐香，沏壺好茶，拿出紅紙，替友人寫揮春。

「處處無家處處家，

年年難過年年過。」

友人説呸呸呸，甚麼無家，甚麼難過，寫些別的吧！

寫甚麼呢？

寫個橫財就手吧。

古人教落，橫財不是甚麼好事的呀。

香港人才不管，有財就是，橫財直財又怎麼樣？説得也是，便寫了給他。順手寫張：臨老入花叢。

甚麼臨老入花叢？友人問。

我才不管，有花叢進好過沒花叢進，進進出出，又怎樣？

友人說：說得也是。

歡歡喜喜地把兩張紅紙拿走。

另一個說：我也要一對。

再不敢寫甚麼無家難過了，提起筆來：

「山中間來無一事，

插上梅花便過年。」

不不不，不要梅花，梅花聽起來像是發霉，意頭不好，改成桃花吧。是是，桃花好，桃花有桃花運，一定交很多女朋友，友人說。

瞪了他一眼，把那個梅字勾了一圈，在旁邊寫了一個桃字。

友人不太滿意，但看我快發惡的樣子，只好收貨。

最後一個說：寫招財進寶吧。

又是財又是寶，多麼俗氣！好吧，勉為其難，照寫了四個大字。

友人左看右看：「怎麼是四個字的？」

「招財進寶，不是四個字是甚麼？」我惱了。

「街邊那個老頭，一口氣把四個字寫在一起，成一個大字，那才好看！」友人抗議。

不會寫！說完把他轟了出去！

本來想去開一檔寫揮春的，看樣子是開不成了。

新衣還沒買，過年不穿新衣怎成？但看架子上衣服已一大堆，穿了新衣，也沒有甚麼感受，不買也算了。日前跟人家擠着去買點乾貝鮑魚之類年貨，已經半條命，還敢出門嗎？

頭總得剃剃吧。

理髮店漲價是應該的，但要等，真不耐煩，想到被別人翻得快殘掉的幾本舊雜誌，已怕怕。

甚麼事都不做，就那麼過吧，這個年。

但一定受不了誘惑，友人一說要打麻將，即刻上桌，三天三夜，不分晝夜，打得頭昏眼花。或者，到外地去避年，玩個不停，回來後照樣疲憊不堪。

年沒有甚麼好過的，做了大人之後。

還是小孩子的時候好，還是可以燃燒鞭炮的那個年齡熱鬧。

過年前的十天八天，家人已做足準備功夫。看日子打掃、蒸年糕、做發糕，大家忙個團團亂轉。

初一那天，不准說不吉利的話，也禁止說粗口，但家中允許賭博。大人擲骰子，越擲越興奮：四、五、六！四、五、六！大聲地吆喝，喊了幾下，出來的卻是一、二、三。結果大人丟那星丟那媽地，甚麼粗口都說出來，為甚麼只有我們小孩子不能說？

「還是快點做大人吧。」小孩子盼望。

做大人的日子終於等到了。各個大城市已禁止放爆竹。家中的菲傭不懂得蒸發糕，吃的只是酒樓送的蘿蔔糕，全是鷹粟粉，一點蘿蔔味道也沒有。

大人過年不想出去，拚命地睡大覺。大人，都已經很累很累了！

甚麼時候，我們不知不覺中變成大人呢？

從紅包被家長騙去的時候開始。

高高興興得來的壓歲錢，大人說：「我替你拿去存在銀行裏。」

這一去，永不回頭。

當小孩子想起時：「紅包呢？」

「唉呀！」媽咪解釋：「我也得送給別人的小孩呀！我不送人，人家會送你嗎？」

想想有點道理，也就算了。

但偏偏就有些小孩子不甘心：「為甚麼要拿我的錢去送人呢？」

這一不甘心，你已經是大人了。

從此，你學會保護自已，你也學會怎麼去説服別人：用他們的錢，是應該的。

這一來，你不只是一個大人，你已經是一個社會公認的成功人士。

不過香港這個地方，錢給別人拿去，是一個教訓，是一個刺激，刺激你去賺更多的錢。社會從此穩定繁榮，最後還是以喜劇收場。

本來不想寫些甚麼俗氣揮春，結果還是拿起筆來，把這篇東西開頭的第一句改了，寫上：

恭喜發財。

六、玩樂

模型手槍

早一陣子有人報警，說海運大廈六樓停車場有匪徒攜帶槍械出現，警察大為緊張，出動大批警員圍捕，結果抓到幾個嘴邊無毛的小子，原來他們在玩模型氣槍遊戲，照片拍他們一個個扒在地上，雙手被銬，也夠懲罰的了。

為甚麼有那麼多人喜歡玩具氣槍呢？道理好簡單，它們的外形和重量都非常像真槍。

裝子彈入匣，上膛，擊射，有的還能跳殼、反撞、自動上子彈，唯一不同只是射出來的，是一顆圓圓的塑膠子彈，名副其實地不傷大雅。

市面上的玩具手槍店不少，一些好於此道者，不管是小孩或大人，麕集購買討論，其樂無窮。

模型槍都來自日本，大廠中有MGC，Maruzen，Western Arms，Kokusai數家，各有它們的招牌貨，最早的「槍王」，是MGC出品的Smith & Wesson M645。所謂槍王，是指槍的器件不容易壞，射得又準的模型手槍。這把東西極受歡迎，但逐漸地，玩者認為它的氣筒太小，子彈力度不夠勁。

MGC 廠繼續出了第二代槍王 Beretta M92F，這管在《轟天炮》出盡鋒頭的意大利手槍，外形極美、射程遠、準確度高，成為模型手槍中銷路最好的一型。

但是這兩枝槍王的缺點在於沒有反彈上膛的真實感，又礙於子彈數目不夠多，MGC 有鑑於此，推出第三個高潮 Glock 17 來。

這枝奧地利設計的，以合成塑料作為造槍材料的武器，外形更容易仿模的和真槍一模一樣，為了防止在子彈匣中出現一個入氣的洞口，廠家還造出遮掩式的氣口，要推開匣底的硬片才能入氣，槍口又藏得很深，不容易發現它小過實物，它的外形倒是完美的。射擊此槍時槍膛反彈震動，增加真實感。原來的子彈匣可以裝十五粒，但後備的長形子彈匣一裝就是四十八顆，在互相射擊的遊戲中不必頻頻裝子彈，有兩個長形的子彈匣，便可玩個飽。

MGC 又要推出新產品 HKP7M13，同樣是 Blow Back 反彈上膛，但槍身小，玩起來應該不及 Glock 了。

Western Arms 是一家新公司，主店在澀谷，由車站步行，只要五分鐘就到達，店主是個中年人，熱愛模型槍，和他聊起來，他一高興，甚麼槍都算到最便宜的價錢賣給你。他們第一次出的是德軍用的 Wather P38，走高級路線，槍身重，準度高。第二代出 S&W M6904，已經可以裝到二十顆子彈，但還是不能反彈上膛，近來它這家公司買了電影《鐵甲威龍 Robocop》設計的 Full Auto 9 的版權，製造成一管可以連射的手槍，在槍管底下裝了電池，連射之餘，還能不斷地反彈上膛，子彈一裝就是四十二顆，但一下子打完，買個兩三個子彈匣更換射擊。另一個新設計是把氣體灌入產生煙霧的液體，射後煙霧朦朧。至今之模型手槍中，是最高的境界了。

以上所述都是曲尺，至於左輪，誰能忘記《辣手神探奪命槍》奇連伊士活的麥林四十四口徑？但是模型氣槍的構造中，氣體由槍柄底裝入，到達發射系統時已經減弱，威力是不足夠的。Maruzen 的新系左輪氣槍，把氣直接入了子彈中，雖然每打一個子彈就要裝一次氣，子彈數又最多只有六顆，但是如果你是一個左輪的愛好者，就不會嫌它麻煩了。

日本的氣槍雜誌主要的有《Gun》和《Combat》，本港出版的也有好幾冊。《人槍集》最佳，印刷不惜工本，雖然資料性不比日本的，但是份量不遜他們，這本東西不定期，沒有甚麼廣告，很怕玩玩就玩完，祈求它繼續出版下去。

美國的槍雜誌談的當然是真槍，有《Guns & Amma》、《Hand Guns》等等，雜誌攤上要賣到七八十塊一本，但是如果你以郵購訂閱，每冊只是十零二十塊錢。

熟讀槍雜誌，你會對手槍的分解、自裝子彈彈藥等等做出深入的研究，成一門功夫，變成專家，其樂無窮。

愛好和平的人一定把你當成怪物，甚麼東西不喜歡，玩起槍來？他們還更進一步指責，說你有暴力傾向。

人類這種動物，誰沒有暴力傾向？把這些潛在意識抒發於火爆的動作片和模型手槍，總比玩真刀真槍好，你說是嗎？

無聊起來，在家裏打打模型槍，更是驅逐寂寞的好辦法，市面上出售一種網型的標的箱，插入畫着圓圈的硬卡，射起來子彈打入網中，乾淨利落。另一種目標是一個圓牌，可以上鍊，擊中之後做四十五度的旋轉，連中數槍，標的會轉個三百六十度，表示你的眼光極準。最新型的是一個目標底層夾着厚塑膠片的玩意兒，擊中之後，子彈落在匣底，也不會撒得滿地都是。

我雖然擁有上述的數個標的商品，但是還是喜歡到處亂打。左一槍右一槍，有時會將在尼泊爾買回來的小銅鑼掛在牆上，擊中之後叮的一聲拉得長長地，又清脆又悅耳，至於遍地的小子彈，一粒一粒彎着腰去拾起來。所以雖然中年發福，又不做運動，肚腩也不會大了起來，真過癮。

槍友會

約好黎明談新戲的劇本，是部時裝動作片，選甚麼地點？咖啡室、餐廳？最後還是決定在新田軍營的練靶場，要拍的電影中槍戰場面甚多，有甚麼好過一面燒槍一面講劇情的呢？

做大城市的人真幸福，要甚麼有甚麼，越是繁華進步，自由度越大。香港有個鮮為人知的組織，叫「槍友會」，主席是叫何孟強的年輕人，而總秘書是對於槍械認識數十年的高手黃滿樹，在他們的特別安排之下，今天的練靶，只供黎明和我玩賞。

何孟強本人是位發燒友，他一帶就帶了三十幾支手槍，裝在兩個長形的來福槍箱子裏，載到靶場來，我們都開玩笑說裝在吉他箱中，更有型。

黎明在外國開演唱會時，一有空便去練靶打真槍，所以對槍械也很熟悉。從那堆手槍中，他挑選了 Smith & Wesson .40 口徑 Model 411 曲尺。我則首選同公司出產的 M29 .44 麥南左輪。

界線就這麼分開了，自古以來，愛槍者一直有喜歡曲尺或左輪之爭，前者嫌左輪笨重，而且只能裝六顆子彈；後者討厭曲尺常在退子彈殼時鬧故障，就算裝十幾顆子彈也沒用。

求證專家黃滿樹，他帶着輕鬆的口吻說：「練練靶無所謂，做壞事的人還是用左輪好。」

「這話怎麼說？」黎明好奇。

黃先生娓娓道來：「現場證據中，大家都以為子彈頭是最重要的，因為有來膛線可查，容易破案，但是子彈頭一經撞擊，多數扁了或撞碎了，去哪裏查膛線呢？其實最可靠的證據還是來自曲尺跳出來的子彈殼，由槍膛彈出來時一定刮出幾道痕來，而且殼底撞針撞過的位置每支槍不同，便能鑑定是哪支槍發出的。左輪就不會惹這種毛病，打完子彈，把子彈殼裝在袋裏拿回家，那像曲尺那樣撒得通街就是屎？」

大家聽了都點點頭說有道理。

開始燒槍了，我們從口徑最小的手槍打起，本來小口徑是點二二，但今天帶來的子彈，點 380ACP，算是最弱的，我們試的是〇〇七占士邦愛用的 Walther PPK，這管玲瓏的手槍容易攜帶，鬼佬手大，嫌槍柄太短，但是給我們東方人用是最適合的了，這管槍可以裝六顆子彈罷了，新型的 PPK/S 則可以裝到七顆，我們一連串地打完，反彈力不強，聲音也不大，可能是我們都帶了耳罩的緣故。

黎明很懂得規矩，拿起曲尺，先退下子彈夾，再拉開槍膛視察裏面是不是空的。初學者以為退下子彈夾便安全，其實曲尺的構造，可能留下一顆子彈在槍膛中，那便要闖禍了。黎明就算拿着空槍，也永遠不將槍口對着人，黃滿樹先先讚他有大將之風。

靶子是一個穿着納粹黨軍服的壞蛋，黎明用大口徑點四十的曲尺打靶時，都開得高過中心點，黃先生解釋道這並不是不準，每把槍的瞄準器都有偏差，所以愛槍的人都有他們自用的武器，方能作準。

這一說，李君夏打在人靶下面，得到一個「轟下」的英名，這可不能怪他，而是用了不習慣的槍。不過他在握左輪的時候用雙手，左手抵着子彈輪，不合常識，可見他疏於此道已久。

我們繼續燒槍，由西部賭徒用的雙子彈 Derringer 一直開到全世界口徑最大的以色列軍用自動手槍 Dessert Eagle 的點五十口徑。

這把像魔鬼一般的大型手槍，反撞力極大，但是比起辣手神探骯髒哈利用的點四四麥南，還是麥南厲害，反撞力是天下無雙了吧。

漸漸地，我們看到黎明的右手拇指和食指後面的那個部份越來越紅，最後還流出血來，才了解武俠小說中所說的震到虎口流血，真的有那麼一回兒事。

問他痛不痛，黎明搖頭，或許是在緊張刺激之下沒有痛楚的感覺吧。他很守禮貌地把打在地下的子彈殼拾起扔在鐵桶中，大型蒸餾水的罐子那麼大，已裝滿一桶。

黎明調皮地說打靶子不夠過癮，來個比賽，說完把一罐汽水放在沙場中，要我選武器，因為左輪的反撞力沒有曲尺那麼大，他說不準選左輪，自己挑了他最慣用的那柄 411，我則要所謂的「黑星」，多加列夫的蘇製曲尺，此槍的反撞力較小，回頭看看專家黃先生，他點頭讚許，黎明即刻說每人用同支槍打五槍才算數，只好依他。

在三十米外，一共有一百五十呎的汽水罐，也不好打，我們都打在罐子的左右上下，差那麼一點點，還是沒打中，最後我建議用 Heckler & Koch 的 P9S，因為它的瞄準器上，槍頭的準星和槍後的雙點凹器上有白色的記號，較普通槍好用。黎明贊同，一槍打出，罐子爆裂，汽水四處飛噴，煞是好看。

談到「黑星」，黎明問：「槍戰的現場，為甚麼拾到的子彈是一顆是殼，一顆是實彈呢？」

黃滿樹笑着：「那是大陸仔不懂得開曲尺，看過電影之後，以為開槍之前一定把槍膛的滑機拉一拉才能打出子彈，不知道它會自動上膛，所以便留下一顆彈殼隔一顆實彈囉！」

十六張

台灣文化，從不影響香港，唯一例外的，就是他們來勢洶洶的十六張麻將。

除非不打，嘗試一次，即刻上癮，現在在香港要找十六張的搭子，不乏其人。

為甚麼台灣牌那麼吸引人？

第一，它公平。

打給人家吃的一家付錢，不會給別人拉下水。

香港牌也有全沖的呀，你說。是的，那是學台灣牌後來才建立的制度，你哪裏聽過我們的父母打老章時打全沖？

舊章麻將，輸了就輸了，很難到最後一圈時反敗為勝。十六張不同，它有一個叫「連」和「拉」的打法，每一次拉一半，莊家連一個莊，就算莊家一番，連莊一番，貢莊一番。加上三番，又拉上一鋪贏錢的一半。

至於怎麼算法，太複雜了，不在此浪費各位寶貴的時間。初學的人，只要拼命吃糊就是，別人會替你算的，久而久之，自己便會連一拉一地收錢。

連一個莊，一直加半倍地算上去，連上八九次，所贏的錢變成天文數字，輸的三家，當然不肯吃閒家的糊，那便增加莊家連莊的機會，越打越緊張，越打越刺激，直達高潮。最後被一家閒家拉倒了，其他三家像一個皮球一般地洩氣，但等待下一個機會也拉人家一把，不打到最後一舖牌，永遠抱有無限的希望。

另一種新奇的規則，也是為廣東牌未有的「Niko、Niko」，所謂「Niko、Niko」，是十六張牌中有八對相同的搭子，那麼你就叫八飛了，每一對牌，對方一打出，你都能糊，一吃二十番，自摸更是不得了。

要是你手上有七對搭子，那麼其中一對一定要三張，你就叫那張單獨的牌，這叫七對半，單吊不容易，但又多一番出來，吃起來味道更濃。

台灣人受日本文化的影響極深，「Niko、Niko」可能是來自日語的「二個、二個」，或是來自日本人形容笑容，也叫「Niko、Niko」。吃那麼大的一舖牌，當然笑了。

另一種規則，是全求人，別的麻將也有全求人的，但只是多一番，十六張牌要打到最後一張不容易，台灣牌全求人算十番，所以也有拼命上牌和拼命碰牌的打法。最後一張牌自摸呢？那不能算是「全求」，只當「半求」，也有五番可算。

如果打的是十六張，那麼十三么九怎麼不是多出三張牌？很簡單，照老章的十三么九打法，加上一二三、四五六、或七八九的三搭牌，再不然就是加上三張一樣的搭子，就等於是十六張的十三么九了。通常是算三十番的。

另一個算三十番的是清一色，十三張的清一色已經不簡單，十六張牌要做到清一色，更是難如登天，當然是算到最大的番數。

手裏有三副三張一樣的牌，叫「三暗坎」，計五番，「四暗坎」，計十番，「五暗坎」計二十番，到了五暗坎的地步，當然是對對糊，又加二十番，自摸起來，和味得很。

不過，打慣老章三番起糊的人，拼命做牌，在十六張麻將中是禁忌，台灣牌做個混一色或對對，吃起來不如自摸一把那麼多，所以打十六張的秘訣在於不做牌，有得吃就吃，一味做牌的人，一定打輸。台灣牌本身非常之小氣，你貪多幾番不吃牌等自摸的話，往往放沖不算，而且一直會輸下去。

通常，打底五十塊，每一番加十塊錢，算是非常衛生的麻將，每一次輸贏一二千，在香港當今已不算是甚麼了，打老章牌的數目也在於此，但是有人也打五百塊底，每一番加一百，那就打個你死我活了，籌碼一大，打起來就很小心，看到對家已經上了一兩付或碰了一兩付，就馬上拆牌來擋，反正不放沖的話不必付錢，守好過攻，這種情況之下，越守越倒霉，往往給別人自摸去也。

因為十六張的關係，不宜用廣東人木屐那般大的牌打，但是用上海牌又嫌太小，看得很花，最適中者，是介乎廣東牌和上海牌之中的中型麻將。每人十八棟，有八隻花，八隻花全給你摸了，就不必再打下去，算二十番。

重播一次：麻將造福人群，發明麻將的人應該得到諾貝爾獎金，發明十六張的，也最少可以接受法國文化獎。

三個人陪你度過一個愉快的晚上，應該抱着輸贏不成問題的態度去打，賭注不應太大。

如果你和三個八婆打，她們一坐下來就來一句：「三娘教子」的話，你盡可懶洋洋地回答：「這不叫三娘教子，這叫一箭三鵰。」要是那三個八婆還不明白甚麼是鵰，你可以再次懶洋洋地：「雞呀！」

友人常問我這麼忙了哪有時間打麻將？要知道，在香港，沒有人不忙的，但是香港人的時間多數能控制在自己手上，打麻將是平衡緊張的日常生活的好辦法，找出時間打麻將，好過練氣功、吃鎮靜劑。

卡拉ＯＫ

天下最難過的事，莫過陪朋友上卡拉ＯＫ。

我並不反對卡拉ＯＫ，我只是極討厭那些唱得難聽的人。

有時也和美女同往卡拉ＯＫ，一聽到她們打開金口，殺雞殺鴨，即刻倒胃口，從此老死不相往來。

二十多年前，當日本開始創造卡拉ＯＫ的時候，第一個反應便是由哪裏產生這古怪名字？

友人解釋：「卡拉，漢字寫為『空』，空手道的Karate也是用卡拉發音；ＯＫ，是把英文的管弦樂隊Orchesta，後半截省卻掉了。」

起初只有幾首流行樂曲的錄音帶，由喇叭箱播出，「空樂隊」這個名字也的確切題。

當晚喝醉，和朋友大唱卡拉ＯＫ，醒來之後，自己那把怪聲猶然繞耳，馬上發誓，從此再不擾人清夢。

返港，向朋友說：「有一天，卡拉ＯＫ一定會在這裏大興其道。」

周圍的人都搖頭：「東洋鬼子臉皮厚，他們又有酒後高歌的習慣，所以日本流行。我們不同，我們怕丟臉，我們怕給人家笑話，怎可以當眾現醜？而且，我們是一個把感情收藏起來的民族。卡拉ＯＫ，在我們這裏，難於立足。不相信的話，以後你就知道。」

過去的十多年，卡拉ＯＫ偶爾出現，但不成氣候，我有點懷疑是否給友人言中。

但是，我的理論是：對，我們怕丟臉。不過卡拉ＯＫ的背後，是一種發洩的心理，也是一種最原始的自我表現方式，對於沒有自信心的人，也許，這是唯一的方式。

卡拉ＯＫ的熱潮，低沉了一陣子，跟着科技的發明，鐳射碟的生產，令卡拉ＯＫ有了畫面之外，還在熒光幕出現歌詞，人們不必一面看歌書一面唱，第二陣的卡拉ＯＫ熱潮又出現。

這一回有如洪水猛獸，再也抵擋不住，東南亞的卡拉ＯＫ林立，現在連歐美也捲起了狂潮。

事情最怕沒有人帶頭，唱得多難聽已經不重要了，總之大家都唱，怕羞的人先躲在浴室中訓練一下，發覺自己也有點天份，也就紛紛登場。

人一有錢，用甚麼方法去告訴人家呢？

先買個金勞，再去購入一輛賓士。

所以這兩種商品永遠有市場。

如果你是一個平凡的人，歌唱得好，即刻能夠表現自己。

卡拉OK和金勞賓士的存在，同一道理。

本來，唱唱歌，舒暢一下感情，是件好事。記不記得年輕時參加營火會，合唱一曲？

長途汽車旅行，唱歌更能解悶，由冰歌羅士比、蓓提培芝、貓王、湯鍾斯、披頭四、白潘、尊尼雷，一直唱到麥當納、米哥積遜，一唱數小時，目的地已達到。

曾經有過伴奏的三人樂隊，一個彈吉他，一個吹喇叭，一個打鼓，這隊人由一個酒吧唱到另一個酒吧，像吉普賽人一樣流浪，日本人稱之為「流Nagashi」。這種風俗後來也傳到台灣，現在到北投旅館去還有。他們也在扮演卡拉ＯＫ的角色。

卡拉ＯＫ的祖先，是黑白電影之前加插的三分鐘短片，由桃麗絲黛等人主唱甚麼《月夜灣上》的，銀幕出現優美的畫面，下邊有句歌詞：我們出航，月夜灣上，聽到歌聲，像是在說：你已經破碎了我的心……歌詞上有個小乒乓球，唱到哪裏跳到哪裏，有時歌聲拉長，乒乓小白球就在字句與字句之間，震震震，再跳到下句，戲院中觀眾隨曲合歌，氣氛融洽。

現在的卡拉ＯＫ不同，歌者抓緊麥，像怕被剝奪贏得新秀的機會，死也不肯放手。

起先還聽別人唱幾句，後來已經是你唱你的，我唱我的。人與人之間已經沒有溝通，和在的士哥跳舞一樣，男女不再有任何接觸，這是多麼悲哀的事！

別小看卡拉ＯＫ的生意，要是你開一家一共有五十間房的，每間房的收入平均一小時算為五百塊，加上十二小時的營業，五十乘五百乘十二，一共有三十萬生意，一個月就是九百萬了。

怪不得大家都去開卡拉ＯＫ，連餐廳夜總會也來搶生意，在房間裏面安裝了種種日新月異的方便設備，任挑選喜歡唱的歌曲，舞女、侍應、Captain，都要會唱歌，好像麻將館的打手，隨時應戰。

有些國家在公眾場所已禁煙，香港的餐廳能得免，但也逃不過卡拉ＯＫ，你不唱，隔壁唱，照樣難聽。南韓已經流行在的士中也裝了卡拉ＯＫ。卡拉ＯＫ的魔掌，無孔不入。

到時，殯儀館也一定有卡拉ＯＫ，人們守夜，大唱特唱，唱的是《明天會更好》。

唱得難聽，死人再也忍耐不住，由棺材爬起，搶了麥克風，大唱《你知道我在等你嗎？》

保險套

保險套是人類的一大發明。

當然，原意是用來避孕，故又名避孕套，亦稱安全套。俗名袋。英國人叫Condom，他們自己想像力不豐富，以為法國人的技術比他們好，所有的性事都想到法國人身上去，所以Condom在英俗語中也叫「法國人的帽French Cap」。

最原始的時候是用真絲做的，後面用一條線將袋綁住，雖然鬆鬆不緊，也真想試用一個，真絲的感覺到底比樹膠好得多呀。

樹膠的保險套一旦製成，馬來亞的樹膠園有福了，除做車輪胎，還有一大用處，只可惜他們只輸出原料，技術還是不行，沒法子做得又薄又不破，聽聞是他們的手藝只能做到醫生手術用的手套的程度罷了。

記得初次用保險套，並沒有包裝得那麼精美，一個個裝進鋁製的金色薄皮盒中，樣子不像保險套，倒似個巧克力的金幣。

保險套的性質已經改變，避孕有丸子來代替，方便得多，快感更是難於比較的。

今天用保險套，當然是因為怕死。愛滋病，是致命的，不能鬧着玩。

愛滋病流行，大超級市場才開始賣保險套，要是梅毒花柳罷了，他們才不肯公開賣。

既然略為開通，就不應該一板一眼，像香煙一樣信手拈來，那有多好！

但是簡而清一次要開保險套的專門店，即刻受到衛道人士的反對，視之為洪水猛獸。我們這個社會，真的落後到那麼令人羞恥嗎？

保險套太過好玩，有黑暗中發亮的螢光者，試想那條東西東搖西晃，像隻外星蟲，或者是E.T.的手指找不到方向，多麼惹笑！

還有橙味、蘋果味和士多啤梨味，戴上之後，舔舔手指，豈不比莊臣嬰兒油味更佳？

玻璃瓶中，註明：「若遇緊急，莫用電梯，請使用保險套」等字句，品味亦高。

裝進首飾之中，耳環、胸扣、戒指，隨時一按暗鈕，小保險套即刻彈了出來。戴回家，媽媽也不知道是甚麼東西，當然不會責罵。

問題是外國媽媽已經買來當禮物送女兒時，我們還在怕本地媽媽罵。看過許多間保險套專門店，地方不大，燈光明亮，到處是彩色繽紛的霓虹燈，播流行音樂，有如一間唱片店。售貨員個性開朗，示範給客人看完自己哈哈大笑，消費者哪會感到尷尬？

香港人反對人家開保險套店，大陸人相信不會，國內的一些友人，隨時在口袋裏面掏出幾個套子來。愛滋病對他們來說只是句外來語，他們擔心的是別生多一個。而清兄不如到上海去開舖吧。

簡而清太聰明，比人家先走一步，卻走得太快。另一個友人何大明也參加遊戲，他開的是郵購公司。這麼一來，香港人便可以保留他們的面子了。哈哈，又不是買吹氣娃娃，何必弄到郵購那種地步？

基本上衞道人士認為光明正大是瘟疫，偷偷摸摸就可忍受。數十年前在尖沙咀的雜貨店中有羊眼圈出售，但是他們不是專門店，不要緊。或者，衞道人士根本不知道羊眼圈是做甚麼用的。

不許開保險套專門店，那也禁止超級市場出售吧！要買只准醫生開張方，自己配藥去，那你們便滿足了是不是？

到藥房去，漲紅了臉，結結巴巴地說：「給……給……給我一個……一個套。」對衛道人士來說，這也許是一種享受吧。

他們的避孕方法還是用計算月經的來潮好了。對他們來說，這已經相當的保險了，因為他們只懂得用傳教士姿式進行。方位是準確的。不像一般想像力豐富的人，花式表演太多，經常走漏。

他們大概也不怎麼用保險套，最好是用慣聽的笑話來指導，用手指示範給他們看。讓他們子女成群，都是因為用時戴在拇指上。

但是前面說過，保險套已不是用來避孕，衛道人士怎能保證他們的老婆不會偷漢子，像廣告中說：「一次接觸，可以致命。」他們也心驚膽跳，開始接受保險套的存在。

一方面接受，一方面又反對簡而清開專門店，你到底想幹甚麼嘛？

願上蒼對這種人加以懲罰。

罰他們偷偷摸摸地買到的保險套，是一個有破洞的！

七、人生配額

我住亞皆老街的日子

當年從邵氏辭職出來，前路茫茫，第一件事當然是到外面找房子。

先決定住哪一個區，很奇怪地，我們住慣九龍的人，一生就會住九龍，香港的亦然。清水灣人煙稀少，要強烈對比，惟有旺角，便去附近地產物業舖看出租廣告，見亞皆老街一〇〇號有公寓，租金合理，即刻落訂。

這是一座十層樓的老大廈，搬了進去，也沒想到怎麼裝修，邵氏漆工部的同事好心，派一組人花一整天就替我把牆壁翻新，也沒買甚麼傢具，之前在日本買的那幾疊榻榻米還不殘舊，舖在地板上，就開始了新生活。

好奇心重是我的優點，安定下來後一有時間便往外跑。旺角真旺，甚麼都有，我每到一處，必把生活環境摸得清清楚楚。

最喜歡逛的當然是旺角街市，從家裏出去幾步路就到，每一檔賣菜和賣肉的都仔細觀察，選最新鮮的，從此光顧，不換別家，一定和小販成為好友，有甚麼好的都會留給我。

街市的頂層一向都有熟食檔，早餐就在粥舖解決，因為看到他們煲粥，用的是一個銅鍋，用銅鍋的，依足傳統，不會差到哪裏去。

另一檔吃粥的，就在太平道路口，一家人開的，廣東太太每天一早就開始煮粥底，用的是一大塊一大塊的豬骨，有熟客來到，就免費奉送一塊，喜歡啃骨的人大喜。因鄰近街市，每天都有豬腸豬膶等新鮮的內臟，這家人的及第粥一流，生意滔滔，忙起來時，先生便會出來幫手。

廣東太太嫁的是一位上海先生，在賣粥的小檔口旁邊開了一家很小很小的裁縫店，相信手藝不錯，只是當年還不懂得欣賞長衫，沒機會讓他表演一下。

在同一條亞皆老街的轉角處，開了檔牛雜，一走過就聞到香噴噴的味道，很受路過的人歡迎，價錢也非常公道。當年我已經開始賣文，在《東方日報》的副刊「龍門陣」寫稿，諸多專欄中，我最喜歡一位叫蕭銅的前輩，他的文字極為簡潔，有甚麼寫甚麼，像去大陸，到小食肆，喝酒，原來啤酒是熱的，照喝……

後來我才發現，在看他的文章那麼多年，不知不覺受了影響，有時自己也想到甚麼寫甚麼，甚麼時候停止，甚麼時候停下，甚麼時候開始，甚麼時候斷句，都很自然，而且越自然越好。

蕭銅先生原來大有來頭，在上海相當聞名，太太是明星，後來女兒也是演員，和妻子離婚後，娶了一個廣東太太，他叫為廣東婆，在他的文章裏的廣東婆經常出現，也是他的生活點滴。

我最愛和蕭銅先生在牛雜店裏飲兩杯，那時我的酒量不錯，我們兩個喝酒的人都不加冰或其他飲料，有甚麼喝甚麼，二鍋頭也是那時才學會喝的，用竹籤插着牛雜下酒，直至店舖打烊為止。

亞皆老街一〇〇號的同棟大廈，同一層樓中也住了另一位電影人，後來我進了嘉禾才認識，是導演張之亮，那時他還是個跟班，整天和洪金寶那組人混在一起。

這座大廈有部古老電梯，有道木頭的拉門，關上了才另有一扇鐵閘。趕時間沒好好打招呼的是繆佶人，她是鼎鼎大名繆騫人的姐姐，真是一位女中豪傑，是製作高手，電影電視廣告等，無一不精通，性格極為豪爽，粗口一出成章，尤其愛打麻將，玩時媽媽聲的，男人都沒有她講得那麼傳神。繆佶人做過空中小姐，後來她不斷去旅行，到過天涯海角，我對她十分敬仰，現在不知道跑到哪裏去，已多年不見了。

在亞皆老街的橫路上有條勝利道，最多東西吃了，老夏銘記就在勝利道上，他們的魚蛋和魚餅，一吃上癮，就算我後來搬走，也經常回去買來吃，後來因貴租而遷移到旺角差館附近繼續營業，直到店主最後不做，享清福去了。

勝利道後來的店舖轉為寵物店，越開越多，有了寵物店當然有寵物美容舖，也一定有寵物醫院。每次經過，看到主人抱着病狗，憂心如焚地等待報告時，我都心中暗咒：「對你們的父母，有那麼好嗎？」

說回太平道，以前有家粵菜館，名字忘記了，是香港第一家走高級路線的，用的碗碟是一整套的米通青花，當今要是保存下來，也是價值不菲的古董了，張徹和工作人員吃飯，最喜歡到那裏去。

由太平道轉入，是自由道，狄龍很會投資，在清水灣道買了一間巨宅，就在李翰祥的隔壁，在太平道也有間公寓，時常遇到他們夫婦。

另一邊，是梭椏道了，那裏有個小街市，賣雞賣魚，也有檔很不錯的腸粉舖，我在那裏第一次見到布拉腸粉的製作過程，看得津津有味。

太平道邊的火車天橋底下，本來有多個水果攤檔，後來被迫搬走，記得總有一檔的水果，價錢比其他檔的便宜，客人便擠着去買，原來那七八檔，都是同一個老閪。

今天懷舊，又到亞皆老街附近走一圈，上面提到的店鋪和食肆都已不見了，只剩下梭椏道轉角的加油站不變。舊居亞皆老街一〇〇號，也換了道不銹鋼鐵閘，裏面住了些甚麼人呢，探頭望入，見不到住客，有點惆悵。

想家

在張徹的葬禮上遇到石琪，談起各位老友，和他一齊爬山的有漫畫家阿 Pink。

「他呀？」石琪說：「他搬到清邁去住了。」

他媽的，這個主意我老早就有，想不到給他捷足先登。恨死他，羨慕死我也。

二十幾年前，我第一次到清邁，已愛上。在泰國北部的高原上，清邁天氣一年如春，和雲南的昆明是同一緯度。許多泰國的貴族、高官和將領都有別墅在那裏，所以不准有輕工業，空氣當然清新。

因不酷熱，清邁女子皮膚潔白。優秀傳統的教導下，如果男人和她們交談，而她們不回答的話，是一件沒有禮貌的事。

好友陳威兄認識了三十多年，出自富有家庭的他，從前在曼谷經商，娶了一名上校的女兒，有權有勢，真的像他的名字那麼威風。我到曼谷機場，他可以闖入海關直接跑到裏面來迎接。

厭倦了曼谷的繁華，他和妻子離了婚；陳威兄跑到清邁來，做地產生意。在他的介紹下，我很便宜買了一塊地，很大，準備退休後長住。

年紀大了，與其相信醫藥，我跑去找算命先生幫我計計今後的生涯，想知道甚麼時候去清邁，豈知他說：「你有勞碌命，一直要做事，到死為止。」

我聽了有點驚喜。好呀！做到死，表示我還有生命力，我真的是不介意自己的勞碌命。但是，清邁的那塊地，不就荒蕪了？

從前還有直飛的航班，當今取消，到清邁先得在曼谷轉機，相當麻煩。要一個星期到那裏住幾天，是不可能的事；不過，時間無幾，總得計劃計劃。

選中清邁的另一個原因是那裏的木材質量一流。南洋木頭堅硬，是雕刻的好材料，我從年輕起希望有一天能靜下來，刻刻一兩尊佛像。

之前我做了種種準備。在邵氏片廠工作時，常向雕花師傅請教，他們個個都是高手，所雕的掛碌細幼無比，又能隨機應變，要甚麼刻甚麼，假刀假槍假的道具，和真的一樣，拍特寫也不露破綻。

後來，一看到美麗的佛像就留連忘返，在各寺廟中、博物館裏，我觀摩學習。再購入大量有關佛像的書籍，先來個眼高手低。

袈裟上，造型為寫滿各種姿式的字體。我有幸在馮老師晚年向他學習書法和篆刻，雖是皮毛，也受用不盡，後來又遇到丁雄泉先生，他的大紅大紫，其實頗有禪味，我的佛像顏色希望可以學到他的畫那麼燦爛。

清邁這間屋子可以開始設計了。基本上它是一個工作室，最初由小件佛像着手，越雕越大，最後的要爬上樓梯才能下刀，工作室不大怎行！

大廳就是刻佛像的地方。友人來坐，可以躺在黃永玉先生設計的椅子上。他老人家把明朝傢具放大，保留着它的曲線美，但是抽象得很。總之其大無比，像一張床，這也要在工作室中才擺得下。

臥房兩間，裝修越簡單越好，一走進去只要看到一張大床。睡房嘛，用來睡覺就是。

浴室一半在屋中，一半是戶外。後者有個大木桶，可以燒水浸入，整個人浸在裏面，望着星星入浴。室內的那部份有花灑，隨時把工作後的一身汗沖淨。

廚房最為重要了。我不明白其他人要一間飯廳來幹甚麼？好朋友圍在一起吃飯的話，現燒現吃最好，所以廚房一共分三個部份：簡單火鍋之類飲食就在飯廳那部份進行，大家分別坐在鐵板燒的爐端外。中間那間用來蒸燉食物，烤爐也在裏面，各種廚具和香料架齊全。戶外的那部份用來煮炒，像大排檔一樣猛烈的爐子，才能稱得上有火候。

書房和洗手間設在一起，發出難聞的味道時，也被書香蓋住。書架上擺滿參考書和工具書，能在書局或網上買到的書籍一概不存。

另闢一小型戲院，收集古今中外的電影，儼如一間圖書館。現在甚麼戲都有DVD了，收藏起來也不是問題。

花園中種滿有香味的花，在每一個季節都被花香薰着。本來想種一點香料或辣椒之類的，但是身在泰國，這些東西隨手拈來，大可不必自己動手了。

花園後面一列十間房子。在清邁聘請一位家政助理大約只需一千港幣。準備每個月花一萬，一個司機、一個園丁、三名廚子、四個幫手、一個按摩畢業的女師傅。

從後山中引下一道泉水，閒時沏沏茶喝，也許試釀一些糯米酒。

我的要求不高，並不難做到。

想想，也就會做，這是我一向來的宗旨，但是要做的事太多，有時也耽擱了下來。不過，想想也高興，有些人夠條件，也不敢去想。

住下

我常說一個地方的美好，不在於風景，而是人。

有了電視和電影，甚麼古蹟沒見過？電腦網上的資料，比你看過更詳細，當然親身經歷到底不同，但左右你對這個地方的印象，是當地的人。

「好了，不問甚麼地方最好，問問甚麼地方的人你最喜歡？」小朋友說。

「我只能以我一生旅行的經驗告訴你，所有拉丁民族住的地方，都是好地方，像西班牙，人們夜夜笙歌，晚上十點多才吃飯，喝酒喝到兩三點才睡覺，第二天照樣一早起身工作，午飯時間很長，還睡一小覺，到了傍晚又喝酒去了。

「人活得快樂，食物跟着精美，是一定的。我在西班牙的那段日子，吃得好住得好，真不想離開。」我說。

「那為甚麼你不做西班牙人？」小朋友問。

「我生為一個急性子，在西班牙做事慢吞吞，遇到甚麼難題都大叫『曼雅那』，是『明天』的意思，和我個性合不來，而且天天都像節日那麼歡度，也不叫歡度了，我只適合住生活節奏快的香港。」

「在亞洲呢？還有甚麼地方的人你喜歡？」

「東南亞我愛泰國。泰國的食物我樣樣愛吃，辣的我吃得很慣，那邊的Spa和按摩都價廉物美，人常帶着笑容，我本來也可以住泰國的。漫畫家阿Pink在清邁住過一段很長的日子，回到香港後我們聊天，都認為泰國人的本性相當的兇殘，因為受佛教的洗禮，壓抑了下來，但他們一喝酒亂性時很恐怖，開槍事件多如玩泥沙。久居當地，不知會發生甚麼事，所以作罷。」

「韓國呢？當今流行所謂的韓潮，最熱門了。」

「韓國我老早就稱讚過，年輕時到處旅行。長大了又去拍外景，前前後後去過一百趟。我最愛韓國了，泡菜很好吃，大蒜味不怕，尤其是韓國女人，是亞洲最漂亮的，她們的性子剛烈，一愛就愛得要生要死，不過街上也常看到韓女打架，纏上一個，很難脫身，怕小雞雞給她們剪掉，哈哈哈哈。」

「你在日本住了八年？」

「去玩玩可以。長住了就覺得悶，他們的食物變化不多，吃來吃去不過是刺身、天婦羅和炸豬扒，交通也不方便，住的環境雖然乾淨，但出城和下班，總是遙遠。日本女人是好老婆的說法已經落伍，當今的才不會像舊時那麼服侍你。」

「歐洲呢？你不是說巴黎倫敦，都有文化嗎？」

「法國何止文化，吃的更精彩，去到布羅旺斯或碧麗高等鄉下，人們彬彬有禮，每一處見到的都像一幅印象派繪畫。法國女人也嬌小，不像北歐人那麼巨大。倫敦更能見證歷史，許多我讀過的小說都在那裏發生，但是我們別忘記身上的黃皮膚，如果我在那邊住下，我會拼命地溶入他們的社會，而且還要搞出一些名堂，到處受當地人尊敬，才像一個人。」

「加拿大是一個大溶缸，任何民族都不會受歧視。」

「不受歧視是真的，悶死了也是真的。」

「美國呢？你愛紐約的！」

「也只有紐約才可以考慮，連三藩市我都住不下，不過住紐約你不知道哪一天會被黑人搶劫，就算保住生命，被他們打幾拳也不值得。其他像奧克荷馬或奧哈約等州，比元朗還要鄉下。大型超市去幾次就厭了，只有在家看電視。住久了，街上一聽到車聲，就會像當地老太婆那麼伸個頭看看是誰來了，打死我也不會去住，尤其是九一一事件過後，每一個人都活在恐怖分子的陰影中，出入海關都要被搜身或嚴密檢查，我連旅行都懶得去了。」

「澳洲呢，聽説你在墨爾本買了房子？」

「墨爾本是澳洲最有文化的都市，其他地方都免談，它曾經被聯合國的調查報告中列為全球最適合居住的地方，我在那裏生活了一年，從來沒遭過當地人的白眼，的確不錯，但是結交的澳洲朋友談來談去只是體育，也許是我運氣不太好，沒碰上聰明的，我現在已經考慮把那小公寓賣掉，到澳門去投資一定會漲價。」

「你那麼看好澳門？」

「港珠澳大橋通了以後，從赤鱲角機場前往，半小時就能抵達，我可以享受香港的快捷和人脈關係，又能體驗澳門人的熱情。在那裏，沒有本地人和大陸人的政治衝突。我在澳門置業的話，當香港的住宅是個 Town House，有事要辦回來住幾天好了。長居在澳門，也許是我最後的決定。」

「鍾偉民在那裏住下，也常發牢騷。」

「任何一個地方，看不慣的事總會有的，閉着眼接受就是。澳門和香港同樣可以享受思想自由。身為一個華人，沒有一處更幸福的了，即使有錢到外國移民，老後要請一個菲律賓助理也不算容易。澳門輸入勞工很方便，不過都市一繁榮，寧靜的生活一定會變質，物價也不像當今那麼便宜，這已是預料中的，我們並不能阻止這種現象。總比死氣沉沉的香港好。」

花錢專家的夢

有些人說有錢不知怎麼花，我聽了大笑不已。花錢，我是專家。

「中了兩億元的六合彩，一年花光很容易。」朋友發表大論，「一下子花光就難。」

誰說的？給我兩億，我去買張畢加索，還不夠呢。

錢不花就不算錢，這是老生常談。阿媽是女人，誰又不知道呢？但偏偏有人不會花，賺來的蓄進銀行，結果多一個零少一個零，都不知道。

如果我有一筆額外的收入，一定拿十巴仙至五成來花。這才感覺到錢的價值。我還有不接受任何勸告的習慣。叫我別花我就花得更厲害，所以比率是十至五十巴仙。但是我有自制，是不會超過五成的。

年輕時的夢想：買個小島，一個人住，設一電影院，把世界古今電影收集起來，要看甚麼看甚麼。

朋友笑我：「那麼至少要有一個放映師呀！」

當今這個夢想已不是不可能的。窮國家的小島還是買得起的，至於電影，都已出了DVD，集中起來方便，更不必靠放映師了。

「寂寞起來怎麼辦？」友人又問。

「寂寞起來，用私人飛機把朋友接過來，再用飛機送她們走呀。」

朋友又笑：「那麼飛機師呢？」

「來了即刻走，不許停留在島上。」我說。

近來這個想法有點改變，活到老學到老，我要自己學會怎麼駕飛機。

「四人座的駕起來也不難。」友人承認。

誰說是四人座？要買的話，買架波音七四七。

「請的只是幾個朋友，要那麼大的來幹甚麼？」友人問。

哼，哼！飛機當然越大越好了。那些所謂的富豪的小型噴射機有一個臥室就以為了不起，我要是有私人飛機，一定先建一個大廚房在中間。

我也不會忽視安全，弄個大排檔式的明火爐子。依照規律，一切加熱可矣。許多加熱的食物比現煮的更好吃，像燉湯類和紅燒類。

那麼大的廚房，設有鐵板燒總沒有問題吧？買最好的神戶三田牛肉，讓友人圍在鐵板旁邊進食，最多減少加ＸＯ白蘭地燃火的過程。

大烤爐也是安全的，中間可以放隻新疆羊進去，慢慢轉，等到香味噴出才請大家去吃。

擺個壽司檔更方便，這麼多年的吃魚生經驗，已學會怎麼捏飯糰切魚片，捲一條太卷也拿手。

坐飛機，友人也許沒有胃口，那麼燒咖喱是最受歡迎的，不然來碗蔡家炒飯，最多藉助無火煮食器，當今發明的熱量也夠用。

「波音機上有沒有卡拉ＯＫ？」有些朋友問。

那還不容易？的士高也有一間，卡拉ＯＫ算得了甚麼？不過我不會走進去，最討厭人家唱卡拉ＯＫ了，讓那些身材好，但沒有甚麼腦的女人去享受吧。

除了廚房，浴室也重要。先飛日本名古屋，吸大量的下呂溫泉泉水，灌進機上的噴射泉中加熱。燈光由池底打上，照到的裸女才更漂亮。

沒有文化氣息也不行，機內設有一張大紫檀的畫桌，請書法家畫家友人雅集，叫頭上結了兩個圓髻的四個丫環磨墨捧紙，才有情調。

飛機遇到不穩定氣流，綁安全帶是一件姿態不美的事。不如設一張大床，被單塞進在墊下，像韋小寶一樣和幾個女人大被同眠，也不會從中飛出。

還有，還有——

不實際！想得太多沒有用。

包架飛機去大陸玩倒是可行的。

從赤鱲角出發，先飛桂林，遊山水，吃馬肉米粉。住的都是當地最好的酒店。

再飛去看黃山。

到昆明之後可去的地方更多，麗江呀，大理呀，去普洱喝普洱茶，也很過癮。

接着飛絲綢之路，最後到新疆的大草原去，再直飛返港。

一個星期到十天，可以走遍大陸值得去的地方，廣州、上海和北京倒可以免了。

和友人商量過，這個方案行得通。從今開始設計行程，預訂旅館和餐廳，希望在三個月內組織好這一個旅行團。國內的飛機新型的很多，有經驗的機師也大把，安全第一，有顧慮的朋友大可不參加。到我們這個階段的旅行者多數已享盡人生，沒有甚麼掛礙的了。

虧本生意沒人做，這一個旅行團當然有收入，不過薄利罷了。不管多少，要做花錢專家，先得學會賺錢。

我的《心靈雞湯》

蔡瀾版本《心靈雞湯》的第一句，是叫你把那本原來的《心靈雞湯》扔掉。

阿媽是女人的道理，誰都知道，三歲小孩也可以著書，聽那麼多理所當然的說教幹甚麼？

中國人說冥冥之中，自有安排。最初鬼佬還笑我們迷信，現在他們發現一切都是遺傳基因作祟，要得癌症自然會得癌症，逃也逃不了的。

所以蔡瀾版本的第二句，是放鬆吧！沒有甚麼大不了的，船到橋頭自然直。笑一笑。

「負了資產怎麼笑得出？」

年輕時負資產，好過老了才負資產，你說是不是？

而且，負資產不是一種罪，不會被判死刑。

總比在窮困的北韓好過吧？也不像活在侯賽因政權下那麼恐怖。

「阿Q精神！」友人大罵。

甚麼叫阿Q精神？你們還沒有弄懂。蔡瀾精神，是將想法一變，就能大事化小事，和自我安慰不同，並不消極。

香港經濟再衰退，怎麼也比不上六十年代窮困那麼差。你們的父母都活了過來，你承認比他們笨嗎？

「你現在已經上岸了，可以說風涼話。」友人又罵。

我父親留下一大堆錢給我嗎？年輕時誰不經過一番掙扎呢？我現在看起來風光，你知道我的腳，像鴨子在水底划嗎？

你們是聽不進去的，蔡瀾版本的第三句，是永遠不和年輕人吵架。

反正我們說甚麼你都不會聽，費事和你們爭辯！做父母的也不必苦口婆心，最多是用激將法，倪匡兄說：「好的兒女教不壞，壞的教不好。」

年輕人反叛，聽了自然不服，不服你做給我看看，證明你是好的，倪震老弟就是一個例子。

「我失戀了，怎麼辦？」年輕人哭了出來。

唉，愛得要生要死，我們都經驗過。當年說沒有了你我活不了，當今還不是過得好好地？

失戀是一件很刺激的事。把心情寫下來，當成一枝歌仔來唱。出CD，還能賺錢呢！

「我睡不着呀！」年輕人大吵。

今晚睡不着，就別睡，明晚睡不着，也別睡，到了第三個晚上，包你睡得像一條豬。

「我吃不下呀！」

就別吃。三餐不吃，等到半夜爬起來打開冰箱，包你吃得像一條豬。

「我吃得太胖，怎麼減肥？」

就別吃呀！倪匡兄說德國集中營中看不到胖子。

不要忘記你發胖，也是遺傳基因。

「我不想活了！」年輕人宣佈。

跳樓會撞死別人，腦袋裂了也很髒。跳海身體浮腫，給魚咬爛。還是去跳痰桶吧。燒炭最佳，不過面孔和身體都發青發紫，難看極了，失禮死人。

人的生命力很強，一個世伯給日本鬼子關在牢裏，七天七夜一滴水也沒得喝，還是活着。除非你天生是那種扭扭擰擰的個性，甚麼事都不對，這種人是命中注定要死的。反正當今世界人口暴漲，不可惜。不過，你心甘情願嗎？你沒有想到和命運搏一搏嗎？活着，才有機會享受船到橋頭自然直呀！

甚麼防止自殺協會都沒用的，不如改為美食協會，好東西一試過，就不會想到死。到深水埗去召妓，也是一個防止自殺的好方法。

「我有剪不斷、理還亂的煩惱！」

一切煩惱，都產生於想魚和熊掌，兩者兼得。放棄一樣，煩惱盡失！

「我的兒女不孝呀！」老年人也有他們的苦衷。

沒辦法的，當今。只有在他們也有兒女的時候，自然得到報應，以後。

「吃雞有禽流病，吃牛有瘋牛症，吃菜有農藥，吃豆腐尿酸過多，怎麼辦？」

怕這個，怕那個，心理就有病；心理有病，肉體不能幸免。還是有甚麼吃甚麼。

「要不要到健身院去？」

不如做愛，連腳趾公都運動了。

我在電視上看到一個兩度游過維多利亞海港的冠軍接受訪問，當今他是胖子一個。

中年人有個肚腩，絕對正常。

運動做多了，變成運動的奴隸。你要做人家的奴隸？

「我長得醜，嫁不出去。」

美女才擔心嫁不出去，何時輪到你？

「我的老婆不了解我。」

亦舒說過結婚像加入了黑社會，有苦自己知，這句話說給自己聽好了，說給情婦聽，會被笑老土。

「怎麼慰藉董特首？」

介紹他去看另一本書，叫《心靈雞湯·上帝版》。

玩時間專家

好玩的事物太多了。

抽象的東西也好玩，那就是玩時間。

時間只是人類的一個觀念，雖然訂為一天二十四個小時，但像愛因斯坦所說，上課以及和女朋友談天，長短不同。

玩時間玩得最好的是香港人。

香港人每一個都忙，但是，要抽時間的話，香港人最拿手，不管多忙，總會擠點出來做自己要做的事。香港人決定自己不忙，就不忙了。

尤其經過九七這個大關，香港人的步伐已經是世界第一。從前在東京，覺得日本人走路快，後來去了紐約，發現他們更快。

但在日本經濟已發展到停頓的地步，一富有便懶了起來，東京人走路慢過香港，紐約更別說，早在七十年代，經濟衰退，步伐已經蹣跚。

香港人有兩個以上的工作的不少，外國遊客跳上車，聽到司機說早上做警察，晚間當的士司機，嚇得一跳，幾乎不相信自己的耳朵，但事實如此。

外國人不明白的是我們大多數沒有社會保險、醫療費以及退休金的制度，我們的稅收雖然低，但一遇到任何事，都自行自決，誰都不會來幫助你。

所以香港人要爭取時間，多做點事，多存些儲蓄，以防萬一。我們自己買自己的保險，自顧安危，包括賺了錢移民，先拿到張居留權再回來做事，也是一種保險。

香港的失業率一、二個巴仙，那一、二個巴仙，不是沒事做，而是不想做罷了，這種社會現象我們不當它一回事，但是如果你講給外邊朋友聽，他們一定驚奇。

就算不是爭取時間來做第二份工作，也要爭取時間來休息、來玩、來享受。

實際上如何玩時間呢？

很簡單，睡得少一點就是。

大家都說我們需要八個小時的睡眠。放屁！這都是醫學界的理論而已，我本人長年來每天最多睡六個鐘頭，也不見得長得像個癆病鬼。

每天賺兩個小時，一個月就是六十個鐘，等於多活了二天半，每年多人家三十天，多好！

除此之外，一個星期熬一兩個通宵，也不應該有甚麼問題。當然熬通宵也有學問，六點放工，七點吃完飯，先睡到半夜十二點，也有足夠的五小時，由十二點做自己喜歡的事，做到天亮，多六個鐘。

這時候，看着窗外天色的變化，先是有點紅色，紅中帶灰，又轉為白。遠山是紫顏色的，啊！為甚麼從前沒有注意過有紫色的山？

清晨的空氣是寒冷的，但是舒服到極點，意想不到的清新，呼喚着你出門。穿上衣服去散步，到公園去練太極劍，或者，就這麼拿一本書坐在樹下看，都是樂趣。

話說回來，這種樂趣需要出來做事後才懂得享受，當學生時被迫一早起身上課，一點也不好玩。

到街市去買菜、走金魚街看打架魚、雀仔街買鳥，買活蟋蟀給鳥吃。太殘忍了？買花去吧。

晨早的世界，是另外一個世界。

由寂靜中聽到車輛行動的聲音，偶爾來些鳥啼，有時還聽到公雞在叫哩。

生活在晨早世界的又是另一種人類，他們面孔安詳，餘裕令到他們的表情無憂無慮，他們是健康的、活潑的。

相反地，深夜的世界又是另一個世界。大家是那麼地頹廢、萎靡，但又能看出享受過的滿足感。

這兩種人，都是過得單調、刻板，所謂「正常」生活的人感到陌生的。早起、遲睡、趕通宵一多了，人就容易疲倦，這也是必然的，克服的辦法是英文中的「貓睡」，像貓一樣地隨時隨地打瞌睡。

只要你睡眠不足，便會鍛煉出這種貓睡的身體功能。儘管利用時間睡覺，一上車就閉上眼睛，像把插蘇由電源裏拔掉，昏昏大睡，目的地到達，即刻會自動地醒來，又是像把插蘇插回去，活生生地，眼也不腫。

中午吃完飯，也能坐在椅子上入睡，算好開工時間，有半小時就半小時，五分鐘也不拘。

會玩時間的人不懂得同情失眠的！失眠就失眠，不能睡就讓他不睡。看你不睡個三四天，自然閉上眼睛。長期下來，學會貓睡也說不定。

不花時間在睡覺的人多數是健康的，他們已經把睡眠當成一種福份，一種享受，哪裏還有精神去做惡夢？鎮靜劑、安眠藥、大麻、酒精等等，一點用處也沒有。

宵夜是最大的敵人，盡量避免，否則多想熬夜也熬不住。一定要吃，就喝點湯吧。隨時把湯料扔進一個慢熱煲，準備一碗廣東湯，享之不盡。

咖啡可免則免，咖啡只能產生胃酸，說到提神，茶最好，中茶洋茶，香片、龍井，甚麼茶都不要緊，但上選還是普洱，再多也不傷胃。

早餐倒是重要的，懂得玩時間的人總能抽空為自己準備一頓豐富的早餐，再不然，找不同東西吃也是樂趣。今天吃粥，明朝吃麵，嘆點心、吃街邊的豬腸粉、豆漿油條的店舖，用心找一定找得到，再來一籠小籠包，或再來碗油豆腐粉絲，總之要吃得飽，吃得飽才有體力支持，晨早吃飽和宵夜相反，只會更精神不會打瞌睡。

玩時間玩成專家，可以做的事太多了，說不定其中有幾樣是生財之道。不過最重要的是學會在做愛的時候把時間拉得長一點，一下子就完蛋的話，專家也給人家罵。

及時行樂

當史丹利·寇比力克在一九六八年拍《二〇〇一年太空漫遊》時，我二十七歲。黑暗的戲院裏，我在想：「要是到了二〇〇一年，我六十，將會是怎麼樣的一個世界？我變成怎麼樣的一個人？」

就那麼剎那間，我活過了二〇〇一，還到了二〇〇二。

豐子愷先生寫過一篇叫《漸》的文章，說一切在一點一滴進行着，我們不知不覺地由天真的小孩變成頑固的老頭。我認為時間不是一步步走，而是跳着來的。

雖然說將來可以用基因改造，人活到三百歲，但在寫這篇文章的年代，未能實現。人類自始以來，還是多數以百歲為限，從前醫藥沒那麼發達，人生七十古來稀這句語，代表一生的短暫。《聖經》舊約中的人物幾百歲，當然只是神話。

我們把這一生切開來，分嬰兒、少年、青年、中年、老年幾個階段，也以生老病死來區別，都是必經的，但是我們總是懷念和沉湎於從前，這是拜賜於詩歌和戲劇，永遠歌頌過去的，是好的。

多美麗的青春，啊，像小鳥一樣飛去不回來，我們得珍惜呀！珍惜！

年輕人，懂得珍惜嗎？那是破壞的年代。珍惜一個鬼！兒童的天真無邪。多可愛，多可愛！做小孩的時候，我們只懂得要糖吃，當今的，只懂得打遊戲機吧。

進入社會，我們為生活奔波，以照顧下一代為藉口，只會拼命掙錢，或者無奈地生存下去。

老了，機器逐漸壞了，我們生活在痛苦之中，更感嘆青春的美妙。

一生人就那麼愚愚蠢蠢過去，值得嗎？在黑夜裏，大家反省，得不到一個答案。

從古蹟的發現，我們有了幾千年的文化，但我們還在迷惑：這一生怎麼過？既然有生老病死，我們必須接受，我們怎麼不好好享受每一個階段呢？

童年和青春過得最快了，因為這是無知的年代。當今的教育制度和社會風氣已毀滅了童年。小孩子一下子變成中年，年輕人變老。

你現在已經二三十歲了吧？也許四五十，或者六七十。看完這篇東西，睡覺之前想一想，你的悲哀，多過你的快樂。人生，不是很有意義的。

怎麼報仇？當然是及時行樂了。

老了，至少有點美好的回憶。而這個老，是一定來的，在死之前。

我們明知自己會死，為甚麼不去討論？為甚麼不去笑它？有甚麼好避忌的？死，也要死得快樂，才對得起自己。怎麼死才死得快樂？當然要在活的時候敢作敢為。

許多後悔，都是基於「不敢」。這個不敢害死了我們。甚麼叫做「敢」？敢和不敢，都見別人教你不可做這樣，不可做那樣，絕對不是自己坐下來就會的事，是別人加在你頭上的所謂教育。勇氣是一個抽象的名詞，就像心痛，心痛只是想出來的，不想就不痛，不像人家斬你一刀，那才叫真正的痛。勇氣是踏出來的第一步，敢與不敢是一念之差，你認為敢，就敢了。

年輕人最勇敢。他們的敢，基於無知。失敗多了，就不敢。但是能屢敗屢戰，你就可以把青春留住。那麼人就不會老了。

不聽老人言，吃虧在眼前這句古話，是人老了，變成了狐狸的人說的。人學會保護自己，但已老，無可救藥地老，老到沒甚麼意思，老到要你和他一樣沒有意思地老。

勇於及時行樂吧！有好的吃，就吃。別相信甚麼膽固醇。寧願信賴吃得過多，會生厭的。吃得過多，才有膽固醇。

能愛就愛吧！別暗戀了。喜歡對方，就向對方表明，禮義廉恥可以暫放在一邊，總好過後悔一生。

學習新事物，如果你找不到愛的話，它能填滿你人生中的空虛，成為一種學問，你也會從中找到愛。

有甚麼不滿的，就努力，努力是必要的，努力之後達不到目的，心理也平衡。不然就懶吧，懶也是生活態度，只要你不要求過多的話。

保持一份「真」最要緊。這份真，是個寶藏，可以維護着你很多很多年，錯了，就像小孩一樣道歉好了，沒甚麼大不了的。老了還是童言無忌，只有少數人學會這種特技。學不會的話，保持沉默。保持沉默，還是能夠把這份真留下來。

有了真，疏狂就跟着誕生。大吃大喝，大笑大哭，旁若無人，又有誰管得着你？偶爾的瘋狂，是真的營養。

這一生的道路，總要走到一個終結。回頭想想，是不是都為了別人而活的？自私嗎？自私有甚麼不好？先愛自己，才會愛別人。

小時聽父母，大一點聽老師，再大聽社會。夠了，夠了，不能再為別人而活了。早一天醒覺，早一天快樂。

甚麼？你覺得我說的都是胡言亂語？那麼循規蹈矩活下去吧！你不快樂，別埋怨！蔡瀾六十一生日，大醉後作。

放縱的哲學

「享受人生的快樂，由犧牲一點點健康開始。」一尊．休士頓說。

這個人放縱地過活，但是八十多歲才死。所謂的犧牲一點點的健康，並非一個致命的代價。

大家都知道自由的可貴，但是大家都用「健康」這兩個字來束縛自己。

看到舉重的大隻佬，的確健康，不過這個做運動的人總不能老做下去。年齡一大，自然緩慢下來。到時他那堅硬的肌肉開始鬆懈，人就發胖。為了防止這些情形發生，他要不斷地健身。試想看到一個七老八老的人全身還是那麼一塊塊的肌肉，和隆胸的婦女，有甚麼兩樣？

又有個朋友買了一棟有公共游泳池的公寓，天天游，結果患了風濕。

注重健康，說得難聽一點，就是怕死。

煙不抽，酒不喝，甚麼大魚大肉，一聽到就搖頭。

好，誰能擔保不會有個人，二十多歲就患肺動脈血壓高？哪一人能夠膽說自己絕對不會遇上空難、車禍、火災、水氾和高空擲物？

想到這裏，更是怕死。

怎麼辦？惟有求神拜佛了。

迷信其實不用破除。信仰是種藥，來保持人類思想的健康。

思想的健康比肉體的健康更加重要。

一個人如果多旅行、多閱讀、多經驗人生的一切，就不當死是怎麼一回事兒了，這個人絕對在思想上是健康的。

思想健康的人一定長壽，你看那些畫家、書法家、作曲家，老的比短命的多。

當然不單單是指做藝術工作的人，凡是思想健康的，不管他們出的是好主意還是壞主意，都死不了。你沒有看到中國的那幾個抽煙的老人皇帝嗎？

總認為人類身體上有一個自動的煞車器，有甚麼大毛病之前，一定先感到不舒服。如果你精神上健康，一不舒服就不幹，便不會因為過度縱慾而病倒。

喝酒喝死的人，會是為了精神不正常，像古龍一樣的人，明明知道再喝就完蛋，但是還是要喝下去，也許是他認為自己是大俠，也可能是活夠了，覺得這個世界沒有甚麼鳥事是新鮮了。

吃東西吃死的例子倒是不多。

甚麼膽固醇，從前哪裏聽過？還不是照樣活下去。

也許有人會辯論說那是因為幾十年前，社會還是困苦，人沒有吃得那麼好，所以不怕膽固醇過多。精神健康的人也不會和他們爭執，你怕膽固醇，我不怕膽固醇就是了。近來已經有醫學家研究出膽固醇也有好的膽固醇，和壞的膽固醇。我們只要認為所有吃下去的東西都是好的膽固醇，不亦樂乎？那些怕膽固醇的人，失去嚐試到好膽固醇的享受，笨蛋。

略為對暴食暴飲有節制，不是因為不想放縱，而是太肥太胖，畢竟是不美麗。

科學越發達，對人類的精神越是傷害，現在的醫學報告已經達到污染的程度。最近研究出喝牛奶對身體無益，打破了牛奶的神話。當然早就說吃鹹魚會致癌，好，就不吃鹹魚。又聽到雞蛋有太多的蛋白質。甚麼吃肉只能吃白肉而不吃紅肉等等，唉，大家不知道吃甚麼才好。

吃齋最有益，最安全，最健康了。吃齋，吃齋。

你以為呢？蔬菜上有農藥，吃多了照樣生癌！

醫學家建議你吃生果水果之前洗得乾乾淨淨。心理上有毛病的人，把它們都洗爛了才夠膽去吃。有些醫生還離譜到叫你用洗潔精洗蔬菜和水果，體內積了洗潔精也患癌，洗潔精用甚麼其他精才能洗得脫？

已經證明維他命過多對身體不好。頭痛丸有些含了毒素，某種瀉藥吃了會大頸泡，鎮靜劑安眠藥更是不用說了，吃了之後和鴉片海洛英沒有分別。

算了，吃中藥最好，中藥性溫和，即使沒有用也不會有害，人參燕窩，比黃金更貴，大家拼命進補。但是有許多例子，是因為補過頭，病後死不了，當植物人當了好幾年還不肯斷氣。

植物人最難判斷的是到底他們還有沒有思想？如果有的話，那麼他們一定在想，早知道這樣，不如吃肥豬肉？吃到𩻸死算了。

肉體健康而思想不健康的人，就會出禁這個禁那個的餿主意。這些人終於會失敗。像美國禁酒失敗一樣。現在流行禁煙了。人類要有決定自己生死的自由，才是最高的法治，雖說二手煙能致命，但有多少例子可舉？

製造戒律的人，都患上思想癌症，越染越深，致使「想做就做」的廣告也要禁止放映，是多麼地可怕。

煙、酒和性，不單是肉體的享受，也是精神上的享受，有了精神上的儲蓄，做人才做得美滿。

讓你在身體上的有個一百巴仙的健康吧，讓你活到一百歲吧，讓你安安穩穩地坐在搖椅上，望向遠處吧！但是腦袋一片空白，一點美好的回憶都沒有，這不叫健康，這叫懲罰。

快點把那本勞什子的《Fit for Life》丟進字紙簍去！

懂得花

天下有種花，叫懂得花。

擁有這朵花的人，將得到無限的幸福。

人，學會賺錢，拼命賺錢。但是，懂得花錢的人少之又少。它是一門藝術，需要的是才華，是豁達個性；孤寒種，沒有希望。

我必須承認我花錢的本領比我賺錢的本領高。

有人說要是中了三千萬的六合彩，叫他一下子花光，是不可能的事。我說交給我好了，我到明朝傢俬店打一個轉，一個子兒也不剩。

更大的數目我也可以即刻散掉，蘇富比拍賣梵高或畢加索，我一舉手，成億美金就送了出去。

我那麼懂得花，是因為我有幾位好老師。

「要選就選最好的。」父親說。

「甚麼是最好的呢？」

「從比較中學會，一件東西，比起另一件好，就選它。從圖書比較、從博物院比較、從旅行比較。」

我似懂非懂，已要出國留學。

「女人，也是一樣的。」父親說：「要買的話，買最貴的。」

「書上沒說貴就好的呀！」

「貴有它的道理。不只是短暫的快樂，得到的是人生的經驗。」父親說。

秦子彬先生是泰國華僑，家父的朋友。

他兒子比我小，十幾歲時帶他到拉斯維加斯賭場，兒子躍躍欲試。

「這裏有一百萬美金，賭吧。」他說。

贏了幾十萬，兒子大樂，手氣一差，完全輸光，臉如鐵色。

「不再賭了吧？」秦先生問。

兒子搖頭。

秦先生出了巨額，要把我從一間公司挖走。我對舊老闆有感情，不肯。

「都怪我不好。」他說：「我出手太低。」

翌日，他在飛機事故喪生。

倪匡兄和我喝酒，大醉。

上的士，嘔吐得一塌糊塗，司機正在皺眉頭，他掏出一張一百港幣。當年，相等於現在的一千吧？

司機客氣地扶他下車。

「錢能買的安心，是值得的。」倪匡兄說。

當我替電影公司把劇本費交給他時，他即刻分了一半給倪太。

「我那一半花天酒地，天公地道。」他說。

最後，他那五十巴仙當然花得乾乾淨淨，當今在三藩市，用他太太那一半，倪太並不覺得不公平。

收集珍貴的貝殼，養名種金魚，都要懂得花，倪匡兄不惜工本購入，他說：

「如果用錢可以買到學問，那是最便宜的。」

倪匡兄對貝殼的研究甚深，在極有權威的貝殼雜誌上發表論文，備受國際貝殼愛好家讚賞。

他找不到眼鏡時，想在美國配多一副，但那邊要有專家驗眼才肯出貨。倪太返港，他吩咐買，一買十副。這個角頭放一副，那個角頭放一副，隨時閱讀。

一個家有三層樓，如果按摩椅放在客廳，須走下或爬上。乾脆買三張，一層一張。

「錢買到的方便，何樂不為？」倪匡兄説。

丁雄泉先生的畫室，在阿姆斯特丹，是一間小學的室內籃球場改建的，天花板上裝了五百支日光燈。

從香港飛去，黎明抵達，到了他的畫室，第一件事就是把一瓶最好的香檳開了。

「為甚麼要那麼早喝香檳？」我問。

「為甚麼要那麼晚喝香檳？」他反問。

廚房在畫室的樓上，和畫室一般大，用具多與餐廳相同，有一個巨大的切生火腿機器。

每天不停畫畫，每天不停喝酒，每天不停美食，他的生命是燎原的烈火。食量是驚人的，一個大西瓜一個人幹掉，絕不是問題。比利時青口，一吃就是三大鍋。

來了東方，看到久未嚐到的海鮮，每一尾魚都想吃。一次在鯉魚門，買了十四條魚。

丁先生是浙江人，對滬菜有一份深厚的感情。到了香港當然要去上海館子。我們兩人一坐下，看了菜單，這點那點，一下子要了十幾個菜。擺滿整桌。經理走過來：「其他的客人呢？」

「都不來了。」丁先生說。

「丁先生蔡先生請客，有甚麼人敢不來？到底請了甚麼人？」經理問。

丁先生懶洋洋地：「請了李白，請了畢加索，請了愛因斯坦，都不來了。」

謝謝你們，我的好教師，給了我懂得花。

人生配額

倪匡兄說他不飲酒，不是戒酒，而是喝酒的配額已經用完。

老人家也常勸道：一生人能吃多少飯是注定的，所以一粒米也不能浪費，要不然，到老了就要捱餓。

以寓言式的道理來嚇唬兒童，養成他們節約的習慣，這不能說是壞事。

最荒唐的是，你一生能來幾次也是注定的，年輕時縱慾，年紀大了配額用完就不行了！

哈哈，這種事，全靠體力，不趁年輕時幹，七老八老，過甚麼乾癮？

如果能透支，那麼趕快透支吧！

要是旅行也有配額的話，也應該和性一樣先用完它。年輕人揹了背囊到處走，天不怕地不怕，袋子少幾個錢也不要緊。先見識，結交天下朋友，腳力又好，腰力也不錯，遇到喜歡的異性，來個三百回合，多好！

年紀一大，出門時帶定幾張金卡，住五星酒店。但是已不能每一個角落都去，拍回來的照片都是明信片上看過的風景。

大魚大肉的配額也非早點用完不可。到用假牙時，怎麼去啃骨頭旁邊的肉？怎麼去咬牛腿上的筋？怎麼去剝甘蔗上的皮？

老了之後粗茶淡飯，反而對健康有益。

在床上睡覺更是能睡多少是多少。老頭到處都打瞌睡，車上、沙發上、飯桌上，但是一看到床，就睡不着，這個配額絕對用不完。

我一直認為人體中有個天生的煞車掣，等到器官老化不能接受某些東西的時候，自自然然便會減少。倪匡的酒也是一樣的。他並非用完配額，而是身體上已經不需要酒精。

這些日子以來，我自己的酒也喝得比以前少得多，覺得是很正常的。我的肝臟已經告訴我，喝得太多不舒服。而不舒服，是我最討厭的，盡量去避免，不喝太多的酒，不算是一個很大的代價。

煙也少抽了，絕對不是因為反吸煙分子的勸告，他們硬硬要叫我戒煙，我會聽從的話，那是來世才能發生的事。

白蘭地酒一少喝，身體上需要大量的糖來補充失去的。

倪匡一不喝，大嚼吉伯利巧克力和 mars 糖棒。一箱箱地由批發商處購買，滿屋子是糖果。

我也一樣，從前是絕對不碰一點點甜東西，近來也能接受一點水果。有時看到誘人的意大利雪糕，一吃就是三磅。

那麼膽固醇有沒有配額呢？當然沒有啦！在不懂得甚麼叫做膽固醇的貧苦六十年代，豬油淋飯，加上老抽，是多麼大的一個享受！

而且，膽固醇也分好壞，自己吃的一定是好的膽固醇。

年輕時，看到肥肉就怕，偶爾給老人家夾一塊放在飯上，瞪了老半天，死都不肯吃下去。現在看到燉得好的元蹄，上桌時肥肉還像舞蹈家一般地搖來搖去跳動，口水直流，不吃它怎能對得起老祖宗？

胃口隨着年齡變動，老了之後還怕膽固醇真笨，現在的配額，取之無窮，用之不盡，快點吃肥肉去吧。

那麼因為膽固醇太高，得心臟病怎麼辦？

肥肉有配額的話，壽命也有配額。閻羅王叫你三更死，你也活不過五更。

因為膽固醇過高而去世的人，也是注定要死的呀！白飯就沒有膽固醇了吧！白飯吃太多也會噎死人的呀！

「最怕是你死不了，生場大病拖死別人倒是真的！」老婆大人狂吼。

迷信配額，應該連生病也迷信才對。

兒女一生下來，趕快叫他們來場大病，那麼長大之後，生病的配額用光，甚麼淋巴腺癌、食道癌、鼻癌、胃癌、豬肝癌就不會生了。老婆大人，您說是不是？

如果長期患病而死，也早在八字上排好的。命苦就是命苦！要是命大，那麼遇上貴人，一帖靈藥就搞掂，起死回生，娶多幾個二奶，生下一打半打再翹辮子。

穿的、用的、住的、行的，都有配額？即使我這麼相信，那麼思想絕對沒有配額了吧？

各種配額能用完，思想配額將會越儲蓄越精彩。所謂思想儲蓄，是把你美好的時光記下：印度的泰姬陵、埃及的金字塔、威尼斯、倫敦、巴黎、紐約和未赤化的香港，都是豐富的儲蓄，還有數不盡的佳釀，還有抱不完的美人，只能在生命終結時，思想的儲蓄才會消失。

到了那個關頭，病也好、老也好，帶着微笑走吧。哪會想到甚麼膽固醇？

身外物、體中神，一切能夠想像的配額，莫過於悲和喜。

生了出來，從幼稚園開始被老師虐待，做事給人家篤背脊，老婆的管束，養育子女的經濟壓力等等，我們做人，絕對是悲哀多過歡樂。

雖然，中間有電子遊戲機或木頭做的馬車帶來一點點調劑。還有，別忘了，那麼過癮的性生活！除此之外，我想不到做人有任何太過值得慶幸的事。

把悲和喜放在天秤上，我們被悲哀玩弄得太盡！如果人生真的有配額，那麼我們的死，一定是大笑而死的！